死ぬまで
生きる日記

土門 蘭

はじめに

本当のことを書きたい、といつも思っている。

私が惹かれる「強い文章」というのは、本当のことが書かれた文章だからだ。

「本当のことを書く」とは、正直であることとは少し異なる。事実や感情をそのままさらけ出すというよりは、事実や感情をできるだけ素直に差し出すという感じだろうか。それなので、ほんの少しの嘘が混じっている場合もあるが、書く者がそれについて自覚的であるか、あるいは心から信じ切っている場合には、その文章は「本当のこと」になるように思う。

これは私にとって、そういう意味で「本当のこと」を書き切った本だ。二年間にわたるカウンセリングの中で、自分の中にある「死にたい」と願う気持ちと向き合ってきた。その中で生じた事実と感情を、できるだけ素直に差し出し続けた、二年間の記録。

なぜ自分は毎日のように「死にたい」と思ってしまうんだろう。

それが長年の私の疑問だった。

初めてそう思ったのは十歳の頃。カウンセリングを受け始めた頃は三十五歳だったので、二十年以上そう思い続けてきたことになる。

「病気だ」と言われたならそうなのかもしれない。実際そのように診断されたこともあるし、薬を処方されたこともある。あるいは「思い込みだ」「認知の歪みだ」「考え方の癖だ」「性格だ」と言われても、そうかもしれないと思う。

いずれにしろ、なぜ自分がそう思うようになったのか、そう思い続けているのか、もっと深いところで理解したかった。薬を飲んだり、割り切ることではなく、自分自身と対話をすることで、より奥に入り込み、もっと知ってわかりたかった。

そしてできれば、「死にたい」という気持ちが消えたらいいと思っていた。

「死にたい」と毎日思ってはいるが、私は厭世主義者ではない。この世界は美しくおもしろいものだということは知っているし、愛すべき人やものが存在することも知っている。

それなのに、自分はこの世界をどこかで拒否して恐れていた。それでいて、世界の美しさ、人の愛おしさを全身で享受している人のことが羨ましくて仕方なかった。私だってせっかく生まれて、曲がりなりにもここまで生きてきたのだから、この生を満喫したかったのだ。死ぬ時に後悔しないように。そんな自分になるために、できるだけの努力はするつもりだった。

いつだったかある友人に、「あなたは貪欲な人だ」と言われたことがある。私自身もそう思う。できることはできるだけしたい。「死にたい」という気持ちが消えるための努力を。

この本は、そんな試行錯誤の記録でもある。


本書を書くにあたって連載を始めてから、よく読者の方からご感想をいただいた。

「自分以外にも、同じような気持ちの人がいるんだなと驚きました」

それを読み、私も驚いた。私と同じような気持ちの人が、世の中には何人もいるのだ。私は私にとっての「本当のこと」を書き続けたつもりだったけれど、それが誰かにとっての「本当のこと」と共鳴しているのが、なんだか不思議だった。

それらは完全にイコールではないはずだけれど、完全にひとりぼっちなわけでもない。私は私一人しかいないが、誰かと少し似ている、ということ。書くことでそのことを知れて、なんだか照れ臭い気持ちになった。


この本をどんな人に読んでほしいだろう、と考える。

「どうして自分は生きているんだろう」

そんなことを、ほんの数分でも考えたことがある人に、かもしれない。

なぜ自分は毎日のように「死にたい」と思ってしまうんだろう、という問いは、裏を返せば、なぜ自分はそれでも生きているんだろう、という問いでもある。

私はずっとそれを考え続けてきた。「生きることに意味などない」「死ぬまでの暇つぶしでしかない」「そんなことを考えても答えなど出ない」と言われても、考えるのをやめられなかった。それらの言葉には、自分をこの世に繋ぎ止める強度を感じなかったからだ。私は命綱を探すように、必死で考え続けた。「死にたい」と思いながらも、それくらい死にたくなかったのだ。

「どこかに必ず『生きる意味』はある」

そう信じて探し続ける態度自体が、「生きる意味」の存在を証明している。だから、それをやめてはいけないと思っていたし、今でもそう強く思っている。諦めた時点で、「生きる意味」はなくなるから。逆に言えば、「生きる意味」は探し求める限り必ずどこかに存在し、私自身を生かしてくれる。

自然な死が訪れるまで、死なずに生き続けること。

このことがいかに難しいかは、自分の身をもって知っている。だから、そうしたいと願っているすべての人に、この本を捧げたいと思う。もしも、ほんの少しでも誰かの「死ぬまで生きる」ための力の支えになれば、これほど嬉しいことはない。

また、各章末では、私が落ち込んだり辛くなった時に読んで助けられた本を紹介した。あわせて読んでいただけたら嬉しい。

目次

死ぬまで生きる日記

第1章　私は火星からやってきたスパイなのかもしれない

記憶にある限りでは、十歳の頃から。

その頃から三十五歳になるまで、ほぼ毎日「死にたい」と思っていた。

実際に自殺行為に及んだことはない。何か特別な理由があるわけでもない。ただ、何かの拍子にふと、「死にたいな」と思う。「もう耐えられないな」と。でも、実際はちゃんと耐えられる。物理的に耐えられない何かに襲われているわけではないし、自分の気分の問題だからだ。だから私は、いつもその欲求が薄くなるのを待つ。いつものことなのだから、と言い聞かせ、本当は全然死にたくないのにな、と思いながら。

自分の意に反して、ぼんやりとした死に対しての欲求が、霧のように常時私の体を包んでいる。それが、時間やタイミングによって濃くなったり薄くなったりする感じ。あるのは濃度の違いだけで、それが完全に消え去ったことはこれまでにない。一日たりともない。そして、その濃度が変わる時間もタイミングも、自分でもよくわからない。気温やら気圧やら他人の一言やらで、簡単に左右される。

「楽しい」とか「嬉しい」とか「おもしろい」という感情は、ちゃんと味わうことができる。もちろん、怒ったり悲しんだりもできる。目の前で起こるさまざまな変化に対して、その都度感情は湧き起こるのだけど、根っこの部分がずっとうつろだ。何かに夢中になったとしても、その感情はすぐに冷えて、うつろな気持ちに引き戻される。そしてそのことを、夢中になっている最中にも予感している。

この感じをなんと例えたらいいのかな、と思い、考えてみた。例えば、転校したばかりの学校で、運動会に参加しているような感じかもしれない。体育座りをして、賑やかな音楽を聴きながら、校庭を駆け抜けるいくつもの足や、赤と白の鉢巻が揺れる様に目を奪われつつも、「いつまでこれが続くのだろう」そんなことをずっと考えている。校庭の石ころが体操着越しにお尻に食い込んで、冷たくて痛いなと思いながら。

自分の出るプログラムももちろん用意されている。出番が来るとドキドキするし、頑張ろうとも思うが、友達はまだできていないし、保護者席にも私の「保護者」は誰一人いない。見知らぬ顔ぶれの中で、うすら寂しい気持ちで演目に挑んでいる。自分は人数合わせなのだというような。

みんなが楽しんでいる運動会の中で、一人こんな気持ちでいることを、私はいつも恥じていたし申し訳なく思っていた。どうして自分は楽しめないんだろう？　どうして自分は寂しいんだろう？　どうして自分は、いつまでも自分を疎外しているんだろう？

私を疎外しているのは周りの人ではない。私自身なのだ。そんなことはわかっているのに、みんなに笑顔を見せたりハイタッチしたりもできるのに、内面はずっと鬱々としている。

例えるなら、そんな感じの気持ち。


子供の頃は、そんな自分を火星人だと思おうとしていた。

自分は火星人だから、地球に馴染まないのだと。だから、こんなに寂しい気持ちになるのだと。

家にいても、学校にいても、どこにいても何か馴染まずうすら寂しいのは、自分が違う星から来た生き物だからなのだろう。だから、自分を受け入れてくれる人の中にいても、心から「ここにいていい」と信じることができないのかもしれない。その仮説は、私の心を少し慰めた。謎が解けたような気持ちになったから。

それで、自分は地球上で起きたことを火星の仲間たちに報告するスパイなのだと思おうとした。両親のこと、友人のこと、教師のこと、近所の人のこと。私の身の周りにいる人のことを、ノートにたくさん書いた。宇宙のどこかにある、私の母星に送るために。そこには私の「家」があり「保護者」がいる。彼らは私の文章を、首を長くして待っている。そんな設定で。

それははたから見るとただの日記だったけれど、あの頃の私にとっては、自分の存在意義だった。一日一日を生き抜くための、幼いなりの工夫だった。

大人になってからも、私は毎日日記をつけている。さすがにもう火星からのスパイだとは思っていないけれど、今でもつけないと眠れない。


「二十年以上、ほぼ毎日『死にたい』と感じているんです」

そんな話を、三十四歳の時に心療内科の診察室でした。日常生活はほぼ支障なく送れているが、さすがにずっと「死にたい」と思うのは少しおかしいのではないかと思って、診察を受けに行ったのだ。いろいろと質問されて、夜眠れなくなることがあるとか、眠っても疲労感がなかなかとれないとか、時々涙が止まらなくなることがあるという話をすると、その病院の院長だという初老の医師はうんうんとうなずきながら、開口一番「それは病気ですね」と言った。「うつ病です」と。

うつ病なら、前にも違う病院でそう診断されたことがある。その頃は日常生活が送れないほどだったので、薬を飲みながら治療したのだけど、半年後には寛解して仕事に復帰し、育児や家事もできるようになった。

それから数年経ち、「今は通常運転だ」と思っている現在ですらうつ病なのかと思うと、なんだかおかしくなって笑いそうになった。それなら、私は二十年以上ずっとうつ病だ。でも、自分自身そう疑っていたからここに来たのだよな、と思う。

「健康な人は、『死にたい』だなんて思いません」

と、医師は言った。

「そりゃあ時々思うことはあるかもしれませんが、一時的なものです。あなたのようにかなりの長期間、継続的に思うのは『希死念慮』と言って、脳の病気から起こるものです」

「脳の病気」

インパクトの強い言葉を呑み込むため、私はそう繰り返す。医師はあっさりと、

「そうです。薬を飲めば、良くなります」

と言った。

そうしてすぐに薬を出そうとするので、あまりの展開の速さに不安になり、私は「あの、すいません」と医師の話を遮った。

「本当にみんな『死にたい』と思わないのですか」

思い切ってそう尋ねると、

「思いません」

医師はやっぱり、あっさりと否定した。

「そう思うのは、あなたの脳が疲れているからです。体が疲れると病気にかかりやすくなるでしょう？　それとおんなじです」

私は自分の脳に意識を集める。自分の頭蓋骨の中身の方へ。脳が脳のことを考えているのは、なんだかちょっとおかしいなとぼんやり思った。

それから医師は、脳の働きは三種類ある、という話をした。

「考える、思い出す、決める。脳の働きは、大きく分けてこの三つです。あなたの場合、この三つのいずれか、あるいは三つすべてを、過剰に脳に行わせている。それで脳が働きすぎて、うまく休めなくなったり疲れが取れなくなっていて、結果的に『死にたい』という自分を責める思考に陥っているんです」

そう説明されてみると、確かにそうかもしれないと思った。確かに自分はずっと考えごとをしているし、ずっと何かを思い出している。結果、夜も頭の中で言葉がひっきりなしに泳いでいて、よく眠れていない。そう言うと、

「そうでしょう」

と医師は大きくうなずいて、三種類の薬を出した。そして、「簡単に説明します」と言った。

「すごく簡単に言うと、こっちの二つは、今言った三つの働きを緩やかにさせる薬です」

「考える、思い出す、決めること……」

私が繰り返すと、「そうです」と医師は大きくうなずく。

「それからこっちは、睡眠導入剤。これも使ってみましょう。とにかくよく眠ることです。脳の休息は、睡眠でしか取れませんから」

医師はテーブルに置いた薬を指差して言った。

「これらを飲んで、一度脳を休ませてみてください。すると、『死にたい』なんて思わなくなりますよ」

「すごいですね」

私は思わずつぶやく。この薬で二十年以上あったあの気持ちがなくなるなんて、信じられない。すると、医師は初めて微笑んだ。

「きっと、ずいぶん楽になるはずです」


でも結局、私はその薬を飲めなかった。

考える、思い出す、決める。それら三つを休むことになると、私は文章を書けなくなるのではないかと思ったからだ。文章を書くことは、考え続け、思い出し続け、何を書くかを決め続けることだから。

私は普段、文章を書く仕事をしている。エッセイや小説や短歌、インタビュー記事やキャッチコピーを書き、なんとか生計を立てている。その仕事がしばらくの間できなくなる可能性があるのは、現実的に考えてもかなり困る。

でもそれ以前に、私にとって書くことは生きることと同義なのだった。

昔から、書いている間だけは「死にたい」という気持ちを忘れられた。地球上にいる意義を見出すことができ、ここで生きることができた。だから仕事として、日がな一日書くことに携われていることは本当にありがたいことだし、そうやってこれまで生きてきたのだから、自分の手でそれを失う可能性を作ってしまうのが怖かったのだ。書くことがなくなったら、私はどうやって生きていけばいいんだろう?

救いとしての「書く」を維持するために、「死にたい」という気持ちを維持しようとするなんて、本末転倒で愚かなことなのかもしれない。そう思ったけれど、「書く」ことを損なうようなことはどうしてもできなかった。怖かったのだ、すごく。この薬を飲むことは、私にはできない。

どうすればいいのかわからず、別の医師の友人に相談してみたら、「そのお医者さんの意見は、ちょっと偏っているような気もするね」と言われた。「薬を飲んだら『死にたい』という気持ちがなくなるのかというと、そんな単純な話でもない気がするし」と。

「何より、納得していない薬は無理に飲まなくてもいいと思うよ」

そう言われて、ほっとする自分がいた。

念のため、家族にも相談をした。日常生活にほぼ支障はないと書いたが、それでも「死にたい」と思い続ける抑うつ的な人間が家庭内にいることは、ある種のストレスになるだろうことは、私にも想像できた。

するとみんなも「飲みたくないのなら飲まなくていい」と言ってくれた。「お守りのように持っておいて、本当にいけなくなった時に飲めばいいんじゃない」と。もちろん、原則的には医師に処方された通りに飲むべきなのだから、そんな飲み方をしてはいけない。お守りのように持っていたとしても、家族は私がそれを飲まないことを知っていたように思う。

それでも家族は、私の選択を許してくれた。私にとって「書く」ことがどれだけ大事かを理解してくれた。わがままを聞いてくれて、とても感謝している。

今でも、それが正しいことだったのかよくわからない。あの時薬を飲んでいれば、すんなりと明るく楽しく生きていけるようになっていたかもしれない。ただ、今またあの時に戻っても同じことをするだろう。私は考え続け、思い出し続け、決め続けていたかったのだと思う。自分が「死にたい」と思うことについて。

一方で、薬を飲まないなら、別の新しい方法でアプローチすべきだとは思っていた。このまま一人で「自分はなぜ『死にたい』と思うのだろう」と考え続けるのはとうに煮詰まっていたし（だから病院に行ったのだ）、周りにも負担をかけてしまう。もし何か別のアプローチ方法があるならば、それを試してみたいと考えていた。相談した友人医師にはセカンドオピニオンを勧められたが、もう病院に行くのは気が進まなかった。

そこで出会ったのが、オンラインカウンセリングだ。ある人がそのサービスをSNSでシェアしているのを見かけ、「これだ！」と思った。一人で考え続けるのではなく、また薬を飲むのでもなく、人との対話を通してこの気持ちにアプローチしてみるのはどうだろう、と。言葉を用いるので、これなら「書く」ことと何ら矛盾しない。いっそ「書く」ことの延長線上にある治療法だと思った。しかもオンラインなら、仕事で忙しくても続けられそうだし。

そう思って、私はさっそくカウンセリングを受け始めた。今から二年前のことだ。ある女性のカウンセラーさんについていただきながら、最初は一週間に一度、慣れてきたら二週間に一度の頻度に変えて、定期的にセッションを行った。

カウンセリングは、自分の中をずっとずっと掘り進める作業だった。始めてから二年の間に、さまざまな変化があった。一人では行けなかった場所まで、彼女との対話によって掘り進めていけたように思う。彼女は私に、時々こう言った。

「人は直線的ではなく、螺旋的に変化していくものです。ぐるぐると同じところを通っているようでも、少しだけ深度や高さが以前とは異なっている。だから、前と全然変わってないなど と、落ち込むことはないんですよ」

彼女の言葉を借りるならば、私は螺旋状に自分の中を掘り進めていったのだろう。

これはそのぐるぐるとした軌跡を振り返り、改めて言葉にしてみた日記である。対話、つまり言葉を通して、「死にたい」という気持ちと向き合い続けた、自分を掘り進み続けた期間の日記。

私という人間が、死ぬまで生きるための。

ご紹介する本

二階堂奥歯『八本脚の蝶』（河出書房新社、2020年）

初めてうつ病と診断された当時、本がまったく読めなくなっていた。脳が撥水加工されたみたいに、言葉の意味を弾いてしまう。そんな時、偶然この本を手にした。死に向かう彼女の言葉だけはなぜか染み渡るように理解でき、それからまた本を読めるようになった。

第2章

「『死にたい』と感じてもいいのだと、自分を許してあげてください」

私の担当のカウンセラーは、本田さん（仮名）と言う。

彼女とは二〇二〇年の四月に出会い、それ以来定期的にセッションを続けた。

初めてのカウンセラーが彼女だったので、私は彼女のやり方以外のカウンセリングを知らなかった。だから、本田さんが他のカウンセラーに比べてどうなのか、変わっているのか普通なのか、私には今でもよくわからない。

彼女を選んだのは、こう言ってはなんだが「なんとなく」だった。

オンラインカウンセリングのサービスに登録すると、いろんなカウンセラーが候補に挙がってくる。一人ひとり紹介文や取得資格を見てみるものの内容はさほど変わらず、どの方もいいような、あるいはどの方も違うような気がして、誰にお願いすべきなのかよくわからなかった。

これは自分の中で条件を絞ったほうがいいなと思い、まず「同年代で同性の方にしよう」と決めた。それから何を話しても怒ったり説教したりしないような（カウンセラーはそんなことしないと思うが）、優しそうな雰囲気の方がいい。遠慮なく気兼ねなく話せて、こちらが緊張しないような。

そんなことを考えていたら、本田さんの紹介文が目に留まった。三十代の女性で、臨床心理士と公認心理師の資格をお持ちだという。写真に写る顔つきや雰囲気がなんとなく優しそうに見えたのと、そろそろ考えるのに疲れてきたのもあり、「この人にお願いしてみようかな」と思った。

ページをスクロールしていくと、「漠然と慢性的な虚無感を抱えていらっしゃる方も、まずはお話をお聞かせください」という言葉が目に入った。私はそのままスクロールし、彼女のスケジュールが空いている約一週間後にカウンセリングの予約を入れた。

カウンセリングと言っても、何をするのかよくわからない。「死にたい」という気持ちがずっと続いているのだと言えば、向こうがいろいろ質問をして話を深掘りしてくれるのだろうか。プロなのだから、私が心配することでもないのだろうか。

そんなことを思いながら、私は手帳に「10：00　本田さん」と書き込んだ。カウンセリングの日までの一週間が途方もなく長いように感じたが、とりあえずその日までは生きていようと思う。そういう日が一日増えて、ちょっと心強い。

昔から、「とりあえずその日までは生きていよう」という日を作るようにしている。死ぬ予定は入れないようにしているが、生きる予定を入れないとどこに向かえばいいのかわからず不安になるので、最低一個は常に「その日までは生きる」ための予定を入れている。それは例えば、好きな作家の展覧会だったり、好きな漫画家の新刊の発売日だったり、好きな人と会って話す約束だったりする。

もしかしたらカウンセリングも「その日」にできるかもしれない、とふと思った。そうなるといいな、と。年をとるたび「その日」のバリエーションが減っていたので、新しい「その日」が増えそうな予感は私にとってはいいことだった。

でも、なるべく期待しないようにしておこう。同時にそういうことも思う。「その日」が思ったよりも良くない一日になってしまうと、反動でものすごく憂鬱になってしまうから、期待をしないようにもしている。

だから、本田さんにも期待しないでおいた。もしかしたら変な人かもしれないし、まったく合わないかもしれないし……。

失礼な話だけど、カウンセリングを受けるまではそんなふうにして自分の気持ちをなだめていた。

と思っていたら当日、コロナの影響で保育園から登園自粛要請が出て、急遽三歳の次男の面倒を家で見ないといけなくなった。それがわかったのは前日の夕方。保育園の貼り紙の前で、「えっ」と声が出る。カウンセリングはおろか、子守では仕事だってままならない。

キャンセルした方がいいのだろうかと迷ったものの、一刻も早くカウンセリングを受けたくて、結局そうできなかった。期待しないでおこうと思いながらも、すでにかなり期待していることに気づく。心待ちにしていた「その日」が先になるのが、とてもしんどかった。

それで当日、次男にはリビングのテレビで彼の好きな仮面ライダーの番組を観せることにし、私はリビングの外の廊下にパソコンを持ち出して、そこで話すことにした。

「お母さんはここで仕事をしてるから、テレビを観ててね」

と言うと、次男は「うん」と素直に答える。ドキドキしながら廊下に座り込み、ノートパソコンを膝の上に乗せながら、時間が来るのを待った。

十時ちょうど。Ｚｏｏｍの通話ボタンを押す。

「こんにちは」

画面に映った本田さんが言い、「こんにちは」と私も返事をする。

本田さんは黒髪をショートカットにした、おっとりと優しそうな顔つきをしている人だった。紹介ページに載っていた写真の通りだ。背景は白く塗りつぶされているので、どこにいるのかはよくわからない。

「カウンセラーの本田です。よろしくお願いいたします」

そう自己紹介する声は思っていたよりも低く、少しゆったりめに話す。

それを受け、私もついフルネームで自己紹介しそうになったが、慌てて口をつぐんだ。失礼かと思ったけれど、名乗らずに「よろしくお願いします」とだけ言う。登録は「R」とイニシャルだけにしていたので、本田さんが

「Rさんですか」

と言った。「はい」とだけ、返事をする。

本名を明かさなかったのは、私を特定されないようにするためだった。私の名前で検索すれば、これまでに書いてきたさまざまな文章がインターネット上に出てくる。それらの仕事と、自分がこれから話すことが、彼女の中で、もっと言えば誰かの中で結びついてほしくなかった。

カウンセリングでは、これまで人に言えなかった汚い感情も、恥ずかしい過去も、洗いざらい全部言おうと決めていた。でも言葉にして誰かと共有してしまうと、その誰かの目が私の文章を監視しているような気がしてしまう。「本当はみっともないのに格好つけてる」とか「い

い子ぶっている」とか。実際にはそう思われることはないにしても、そんな目を自分の中に作ってしまうことは避けたかった。

ここでの話は、ここだけの話。私の日常生活には入れさせない。

そう決心していたので、とてもドキドキしていた。この人は大丈夫だろうか、私を傷つけたりしないだろうか、私が私だってバレないだろうか。有名人でもないのにそう思いながら、相当疑心暗鬼になっている自分に気づいてびっくりする。

「お顔を拝見することはできませんか?」

と本田さんが言った。名前はもちろん、顔も出していなかったのだ。ビデオをオフにしているので、真っ黒い画像の横に本田さんの顔だけが映っている。

顔を見た方がカウンセリングしやすいのだろうなと思いつつも、「すみませんが今回はこれで……」とお願いした。本田さんは理由も聞かず、「わかりました」とにこやかに受け入れてくれた。

そのうえでさらに私は、

「ここで話したことは、どこにも漏れないですか?」

と確認をした。

「例えば運営母体にも、この会話の記録は共有されたりしないのでしょうか」

本田さんはほとんど間髪入れず「どこにも漏れないので大丈夫です」と答えた。

「ここでの会話は、私とRさん以外には共有されません。それからカウンセラーには守秘義務があるので、ここでの会話をどこかに報告するとか漏洩(ろうえい)するということもありません」

それを聞いて少し安心したが、「ただ」と本田さんが続けた。

「ただ、例えばRさんが自傷しているとか他害の恐れがあるとか、生命が危険に晒されたり法が犯されていると私が判断した場合のみ、しかるべき機関に報告することはございます」

「生命と法律……」

そのラインは越えていないと思いつつも、急に自信がなくなった。本当に私は、そのラインを越えていないだろうか？　改めて聞かれるとよくわからなくなって、手のひらがビリビリしてくる。ストレスを感じると、手が痺れるのだ。悪いことはしていないはずなのに、ここでの話が漏れるかもしれないと思うと、なんだか不安になってしまう。

おかしい、と思った。カウンセリングはまだ始まってもいないのに、私がすでにちょっとおかしい。

普段の私はこんなではない。そりゃあ「死にたい」とは毎日思うけれど、普段はこんなに他人に対して疑心暗鬼ではないし、自分に対して「もしかして犯罪者なのでは」と疑うこともない。

本当のことを言おうと思うだけでこんなふうになるんだなと、心のどこかでその変化に感心する。普段の私はきっと、鎧を着ている気にでもなっているんだろう。今はそれを脱ごうとしているということなのだ。

本田さんはその不安を感じ取ったのか、すぐに「その場合にはちゃんと言いますので、大丈夫です」と言ってくれた。「黙って報告するようなことはしません。なので、安心して話をしてください」と。

要するに私は、本田さんのことをまったく信用していなかったのだ。

そして、自分自身のことも。

「それから、実は今日、子供がいるんです」

私がそう言うと、本田さんはその時初めてちょっと驚いたような顔をした。

「保育園がコロナの影響で休みになってしまって」

そう言うと彼女は「それは大変ですね」と言い、延期を提案してくれた。

「お子さんがそばにいると言いにくいこともあるかと思いますし、もしよかったら別の日にしますか?」

でも、私はその提案を断った。

「できたら今日やりたいんです。本田さんさえよろしければ」

すると本田さんは「もちろんです、わかりました」とにこやかに言った。切羽詰まっているように聞こえてしまったかもしれないな、と思う。

実際、私はその時かなり切羽詰まっていた。「死にたい」という気持ちの濃度は日によって変動するのだけど、その頃は数日にわたって濃くなっていて、だからカウンセリングの日が延期されるのも耐えられなかった。

そういったことは特に珍しくない。気分の変動の理由も、あるようでない。その頃コロナで仕事がほとんどキャンセルになったことも、結果、収入がかつてないほど落ち込んだことも、要件を満たさず給付金の対象から外れたことも、保育園から「エッセンシャルワーカー以外の親御さんは子供を登園させることを自粛してほしい」と頼まれたことも、辛いことではあるけれど、理由のようで理由ではなかった。だから「死にたい」と思うわけではないのだ。

逆に言えば、そのことが私には問題なのだった。濃度が上がる理由がわからない。予測もできないし、コントロールもできない。理由がわかれば対処もできるものを、それがわからないから苦労している。特に何もないのに急に「死にたい」と強く思う時があるのは、一体なぜなのか。

私はそのことを本田さんに伝えるために、「発作」と表現した。

「『死にたい』という気持ちが、子供の頃からずっとまとわりついているのだけど、それが時々強くなるんです。まるで発作みたいに」

「そして今、その渦中にいるんですね？」

「はい」

「理由はよくわからないのですね」

「はい。だから、その理由を知りたくて。そしてどうにかこの『死にたい』という気持ちをなくすことができないかなと思って、カウンセリングを受けることにしました」

ドアの向こうにいる次男に聞こえないよう、でも本田さんにはちゃんと聞こえるように声の大きさを加減しながら言う。緊張で、喉が締め付けられる感じがする。でも、ちゃんと言わなくてはいけないことがまずは言えた気がして、ホッとしていた。

「わかりました。お子さんがいて話しにくいかもしれませんが、ゆっくりお話をうかがえたらと思います。でも無理はなさらずに」

「はい」

「最初にうかがいたいのですが、自傷行為の経験はありますか？」

「それはないです。それは禁止しているので」

「禁止？」

「はい。『死にたい』と思っても、絶対に自分を傷つけない、自分で死なないってことだけは固く決めているので」

「そうですか。それを聞いて、少し安心しました」

本田さんは少しだけ笑顔を見せた。真っ黒い私の画面を見て、彼女はどんなふうに感じているのだろうと、薄暗くひんやりとした廊下の上で思う。

そんなふうにして、カウンセリングは始まった。次男はドアの向こうで、熱心に仮面ライダーを観ている。


「どういう時に、その発作は起こりやすいのでしょう?」

私の基本情報を押さえたあと、まず、本田さんはそんな質問をした。

「朝起きた時が一番多い気がします」

「朝なんですね。夜ではなくて?」

「夜も眠れない時はしんどいけれど、一番しんどいのは朝が来た時ですね」

「その時はどんな気持ちでしょうか」

「不安です、すごく」

「不安?」

「誰かが私のことを怒っているんじゃないかなって、起きてすぐに携帯を見てしまいます。寝ている間に、怒りのメールが来ているんじゃないかと」

なるほど、と本田さんは言う。こんなことを人に話すのは、これが初めてだった。

「そういったことが、これまでにあったんですか?」

「ないです。怒るような相手も、怒られるような事件もない。それでもいつも、誰かが私のことを怒っているんじゃないか、と不安になります」

「そういったメールが来ていないことを確認しても、その不安はおさまりませんか?」

「おさまらないですね。これからそういうメールや電話が来るかもしれないし、これから誰かを怒らせるかもしれない。この一日を問題なくやり過ごせるだろうか、と不安でしかたなくて、そういう時『死にたい』と思います。逆に言えば、問題なく一日を終えられた夜は安心しているかもしれません。それでも、また朝が来るのだと思うと気分が落ち込むのですが」

話しながら、本当にそうだろうか、と思う。夜もよく落ち込んでいるような気がするし、誰かを怒らせるかもしれないと思う瞬間以外もよく落ち込んでいるよな、と思う。それですぐに「それ以外でもよく起きますけど……本当になんでもない時に突然起こったり」と付け加えた。よくわからなくなってくる。

「その発作は、子供の頃からずっと続いているのですか?」

「はい。自覚したのは十歳の頃からなので、二十五年くらいですかね」

「それは辛いですよね」

「そうですね、辛いですね」

「そういう話ができる人は、周りにいらっしゃいますか？　弱音を吐けるような」

「『死にたい』ということは思っていても口には出しません。周りを傷つけてしまうから」

「周りを傷つける？」

　その時ふと、ドアの向こうの次男のことが気になった。三歳だから話している内容はわからないかもしれない。でも、聞こえていたら嫌だなと思った。

「『死にたい』と言うと、周りの人は自分が否定されたような気持ちになるんじゃないかなと思うんです。一緒にいるのにどうしてって。周りの人を傷つけるのではないか、迷惑をかけるのではないか、失礼に当たるのではないかと思って、言えません」

「失礼に当たる」

　本田さんはつぶやいた。

「ということは、『死にたい』と感じてはいけない、と思っているのでしょうか」

　そう聞かれた時、急にグッと胸が詰まった。声を出そうとしたけれど、喉が締め付けられてしまって出ない。その代わりに、涙が出た。返事をしようとしたら声が震えた。

「はい。そうですね」

私は、嗚咽を漏らしながら答える。

「『死にたい』と感じてはいけない、と思っています」

「Rさんの場合は、二重苦になっているように感じます」

本田さんがそう言った。

「『死にたい』と感じるだけでも辛いのに、そう感じてはいけないのだと思うことで、余計辛くなっているのではないかと」

はい、と私は小さく答える。

「まずは『死にたい』と感じてもいいのだと、自分を許してあげてください。その上で、なぜそう感じるのかを一緒に考えていけたらいいなと思うのですが、どうでしょう」

私はまた、はい、と答える。

「いいと思います」

本田さんは、「それはよかったです」と笑った。

パソコンの右上に表示された時刻を見ると、もうすぐカウンセリングの時間が終わることがわかった。あっという間で、びっくりする。四十五分で話せることなんて、たかが知れているのだなと思う。

でもその四十五分間で、私の心の様子はずいぶん変わったような気がした。喉は相変わらず締め付けられた感覚だが、なんだか胸のあたりが軽い。

「これまではお一人で悩まれて、辛かったと思います。でも、ここでは安心してなんでも話してください。パートナーとして、一緒にその感情のありかを探していけたらと思っています」

パートナー。

私はその言葉に、驚いてしまった。この人は、顔も名前も隠している私のパートナーになるのだと言う。ずっと一人で抱え込んできたこの感情に、一緒に向かい合ってくれるのだと。もう一人で悩まなくてもいいのかな、と思った瞬間、気持ちがふっと明るくなった。もしそうならすごいことだ。

「はい、よろしくお願いします」

そう言って、Zoomを切った。リビングに入る前に顔を洗ったのだが、ドアを開けると次男がこっちを向いて「泣いてるの?」と聞いてきたので、「泣いてないよ」と答えた。

「自立は、依存先を増やすこと」という言葉がある。脳性麻痺の障害がありながら、小児科医や研究者として活動している熊谷晋一郎さんの言葉だ。

今日私は、本田さんと出会い、「依存先」を増やすことに成功したのではないのだろうか、と次の予約をしながらその言葉を思い出した。次のセッションは翌週だ。当分の間は週一でやってみましょうと本田さんと話している。

ふと新しくタブを開き、熊谷さんの言葉を検索してみると、その言葉に続きがあることを初めて知った。

「自立は、依存先を増やすこと。希望は、絶望を分かち合うこと」

それを見て、「そうか」と思わずつぶやいた。私は今日、自分の絶望を彼女に少しずつ手渡していった。だからだんだんと、胸のあたりが軽くなっていったように感じたのだ。

依存も、絶望の共有も、距離の近い限られた人としかできないことだと思っていた。でも、もしかしたらそうじゃないかもしれない。顔も名前も明かしていない初対面の相手でも、そういうことができるのかもしれない。もちろん期待しすぎてはいけないけれど、本田さんとのやりとりは私に、新しい希望を見せてくれた。

カウンセリング後のアンケートに、「パートナーと言ってもらえて嬉しかったです」と書いて送信する。それから手帳の翌週の欄に「10：00　本田さん」と書き込んだ。とりあえずその日までは生きていようと思いながら。

ご紹介する本

高山なおみ『帰ってから、お腹がすいてもいいようにと思ったのだ。』

（文藝春秋、２００９年）

このエッセイを読むと、いつも涙が止まらなくなる。どうしてこの人はこんな無防備で柔らかな心で生きられるのかと不思議でたまらず、人ごとながら恐ろしくなるくらいだ。

プロローグに「ひとはなんで、悲しい時でもたべものを食べられるんだろう」とある。彼女もまた、父親の死の間際にぱくぱくとものを食べていたという。人は生きるために食べる。私の場合、悲しい時にはものを食べられなくなるから、つい「死にたい」と思ってしまうのかもしれないなと思う。

第3章

「自分で自分の『お母さん』になれたらいいですね」

初めてのカウンセリングが終わったあと、本田さんからかけてもらった「パートナー」という言葉を何度か反芻した。彼女は私が最も困っている問題――「死にたい」という気持ちが常にあること、それが時々発作のように強くなること――について、ともに考えてくれると言う。

これまでにも、近しい人にこの問題について打ち明けることはあった。でもどこか他人事のように、あるいは過去の話や笑い話のように話してしまうことが大半だった。

「長年悩んでいるからともに考えてほしい」と伝えたり、発作中に「死にたいから助けてほしい」とすがったりすれば、相手の負担になるのではないか。私が依存してしまうのではないか。寄りかかりすぎて共倒れになるくらいなら、やっぱり病院に行くのが一番なのではないか……

そんなことをぐるぐる考えていると、一番辛い時こそ、助けてほしい時こそ、大事な人に何も言えなくなってしまう。それでいつも、発作の波がおさまるまで一人でなんとかやり過ごしていた。

でも、本田さんと私は、友達でも恋人でも家族でもなんでもない。共通の友人も誰一人いない。単に本田さんはカウンセラーで、私はクライエントとして存在している。その間にあるのは、お金とZoomリンクだけ。私が代金を支払わなければ、Zoomリンクを押さなければ、繋がりはあっさりと切れてしまう。

それでも、いや、だからこそ、私はこの、自分にとって最も大きな問題を彼女の前に差し出すことができた。私が「死にたい」と感じることで、彼女は傷ついたり不安になったりしないから。ここでは私の問題は純粋に私個人のものであり、彼女はそれを観察する人でしかない。

私の問題が、相手に溶け出さないこと。相手の負担にならないこと。

そうであって初めて、私は自分の問題を、二人の間のテーブルの上にそのまま置くことができた。正直に自分の感情や考えを話すことができた。

だから本田さんの「パートナー」という言葉からは、温かさや湿っぽさのようなものは一切感じず、むしろひんやりと乾いた感触がした。人の手の感触ではなく、布の巻かれた松葉杖のような感触。「恋人」とか「親友」とは程遠くやや無機質な、だけどしんどい時には掴まっていいのだと安心できるような、そんな予感のする言葉だった。

一回目のカウンセリングでかなり泣いてしまったのと、子供がそばにいるという落ち着かない状況だったのもあり、次のカウンセリングはあまり日を置かず翌週に入れた。

二回目の時には保育園も再開していたので、一人でパソコンに向かう。Zoomリンクを押したあと少し迷ったものの、ビデオはオンにしておいた。ほどなくして本田さんもやってきて「こんにちは」と言い、私の顔を見ると笑顔になった。

「今日はお顔を見せてくださるのですね」

画面の中の私が照れ笑いし、「はい」とうなずく。

それでも実名はまだ明かしていない。「土門さん」という名前で呼ばれると、現実のしがらみに引っ張られて、子供のように素直に話すことができなくなりそうだったから。

「R」というイニシャルとともに笑う私は、なんだか現実感が希薄に見える。この女は誰なんだろう？　話しているのも動いているのも自分なのに、自分も知らない自分がここにいるようだった。それが本来の自分なのか、新しい自分なのか、私にもよくわからない。

「調子はどうですか？」

と聞かれて、「前よりはマシです」と答える。あの後から発作は起こっていない。

「ただゴールデンウィークが近いので、それが不安です」

「ゴールデンウィークに何かあるんですか？」

「私、大型連休が苦手で。夏休みとか、年末年始とか、いつもかなり落ち込んでしまうんです」

子供の頃からそうだった。大型連休や三連休、また運動会や遠足やクリスマスなどのイベントごとといった非日常が苦手なのだ。だから連休やイベントのない六月が昔から一番好きだった。なんの変哲もない平日がずっと続けばいい。そう言うと、友達に信じられないという顔をされたけれど。

本田さんが「連休が苦手なのはどうしてなんでしょう？」と尋ねる。

私はちょっと考えて、「……『家』みたいなものが、浮き彫りになるからですかね」と答えた。

「家？」

「家族とか恋人とか友達とか……そういう、属している場所が際立つから嫌なんです。みんなちゃんとした『家』があっていいなぁって思ってしまう、というか」

「でも……Rさんには今、ご家族がいらっしゃいますよね？」

本田さんが、少し言いにくそうに言う。彼女の言うとおりだ。私には家族がいるし、帰る家もある。誘えば一緒に遊んでくれる友達だっている。それでもいつも不安になる。「家」に属しているのに安心感がない。「いつかいなくなってしまう」という不安感や虚無感が押し寄せて、楽しければ楽しいほど怖くなってしまう。

「いつかいなくなってしまう？」

本田さんにそう聞かれ、私はうなずく。

みんな、いつかいなくなってしまう。死別という場合はもちろんだが、それよりももっと先に、私の前からいなくなってしまうように感じるのだ。

「どうして、そのように感じるのでしょうね？」

どうしてだろう？　改めて考えてみた。

「だって、みんないなくなってしまうし」

思わず繰り返し口に出た言葉とともに、涙がじんわり滲み出た。


私は、子供の頃のことを本田さんに話した。

「母は韓国人で、父は日本人で、私はいわゆる日韓のミックスなんです」

母は三十歳の時、職を求めて単身で日本にやってきた。知人の紹介で広島の焼肉屋に勤め、そこでお客さんとして出会ったのが溶接工の父だったという。母は日本語がほとんど話せなかったので、ふたりはうまく言語コミュニケーションはできなかったそうだが、周りにお膳立てされて結婚した。その間の一人娘として生まれたのが私だ。

私が幼い頃からずっと、夫婦仲はすごく悪かったのだろうし、言葉でのやり取りもできない。お金もあまりなくて、母は稼げる夜の仕事（ホステス、のちにスナック経営）をしていた。だから昼夜すれ違いの生活で、そういういろんな要素が絡んで仲が悪かったのだと思う。

家族旅行はおろか、家族揃ってご飯を食べることもほとんどなかった。顔を合わせると喧嘩するからいつも別行動で、夫婦バラバラに過ごしていた。その後ふたりは、私が中学に上がるタイミングで別居を選んだ。籍は、私のために抜かないでおくという。

「Rさんは、どちらについて行かれたんですか？」

「私は母に。でももともとお父さんっ子だったので、本当は父についていきたかったんです。言葉が通じるし、夜は家にいるし、父の方が仲が良かったし。だけど母から離れたら、彼女は完全にひとりぼっちになってしまう。日本にいる意味、いた意味が全部なくなってしまう。だから、母と一緒にいることを選びました」

だけど、もっと本当のことを言えば、どちらとも一緒にいたくなかった。

顔を合わせれば喧嘩ばかりする両親、団らんとは程遠い殺伐とした空気。どうしてふたりは結婚したんだろうと、父が怒鳴るたび、母が泣くたび、心底不思議に思った。私を産まなかったら良かったのに。そうしたらふたりとも人生をやり直せて、幸せだったろうに。ふたりがそれぞれ私を愛してくれていたことはわかっていたが、両親が言い争うのは私がいるからなのではないかとずっと思っていた。

そういう時、私の逃げ場のようになっていたのが、近所の老夫婦の家だった。お琴が上手なおばちゃんと、読書家のおじちゃん。白猫を飼っていたので、私は彼らを「猫のおばちゃん、猫のおじちゃん」と呼んでいた。

子供がいない老夫婦は、私のことを孫のようにかわいがってくれた。「蘭ちゃんは賢くて優しい子だ」と言って、お琴を教えてくれたり、お菓子をくれたり、本を貸してくれたりした。おばちゃんはおじちゃんを尊敬していて、おじちゃんはおばちゃんを愛していた。私はその家の穏やかな空気も、柔らかな線香の匂いも、とても好きだった。ここの家の子になれたらいいのにな、といつも思っていた。

「蘭ちゃんはほんまにいい子。うちの子に欲しいくらいじゃわ」

おばちゃんがそう言った時、私は思い切ってずっと考えていたことを提案した。

「本当に、養子にしてくれん？」

おばちゃんはびっくりした顔をして、一瞬黙る。

「養子って、難しい言葉を知っとるね」

と笑って済まそうとするので、私は本気で懇願した。

「お父さんとお母さんは喧嘩ばっかりじゃけん、もう家を出ていきたい。それでここの家の子になりたい。ちゃんと勉強するし、言うこと聞くし、迷惑はかけんけえ」

困った顔でオロオロするおばちゃんを手で制して、普段は滅多に口を挟まないおじちゃんが
「養子は無理じゃわ」

と言った。

「蘭ちゃんは、土門さん家の子じゃけえ。ちゃんとふたりの元におりんさいね」

そう言われた瞬間、スッと線を引かれた気がした。ここから先は来てはだめだと。「養子にしてくれ」だなんて無理なお願いだとはわかっていたが、これだけ好かれているのだから、褒められているのだから、もしかしたら頼っていいのかもしれない。そう期待しかけていた私は、一気に肌が冷たくなるのを感じた。

私はすぐに「そうだよね、わかった」と笑って答えた。しつこくして嫌われたくなかったし、ギクシャクするのも嫌だったから。ふたりが好きだったし、これからもそばにいさせてほしかったから。

その数か月後に、両親の別居が決まった。私は母と家を出て引っ越すので、これからはあまり会えなくなると報告しに行くと、おばちゃんは「寂しいねえ」と言って泣いてくれた。私は

笑って「また遊びに来るね」と言った。それ以来、猫のおばちゃんとおじちゃんの家には上がっていない。

「Rさんにとって理想の『家』というのは、穏やかに安心して過ごせる場所だったのでしょうね」

話を聞き終わって、本田さんが言う。

「そうですね」

「でも、Rさんのかつての『家』はそういう場所ではなかったと」

「そうですね……」

別居した後も、母と私は相変わらずすれ違いの生活で、ほとんど一人でご飯を食べたり眠ったりしていた。喧嘩を目の当たりにすることはなくなった代わりに、ずっと一人。それに慣れていって、途中からは寂しいとすら思わなくなっていったけれど。

「私、ずっと『お母さん』が欲しいって思っているんですよね」

「お母さん？」

「実の母のことももちろん好きだし感謝しているんだけど……なんていうか、理想の『お母さん』をずっと追い求めている気がします。お母さん欲しいなぁって、ずっと思ってる」

「それは、どんな人なんでしょう？」

「……私のことを完全に受け入れてくれて、心から安心できる、そういう人。だから理想の『家』と『お母さん』はほぼ同義なんでしょうね」

「実のお母さんは、そういう存在ではないですか？」

私は「そうですね……」と言い淀んだ。

母と私の間には、何年かけても越えられない壁があった。言葉の違い、文化の違い、それに伴う価値観の違い。

自分の気持ちや悩みを相談しても、「蘭の言うことは難しくてわからない」と何度悲しそうに言われたかわからない。その度に私は、「難しいことは言ってはだめなのだ」と思った。お母さんが心配しないよう、自分のことは自分で解決できるようにならないといけない。わからないことは、自分でわかるようにしなくてはいけない。だから私は、母に精神的に頼ったり相談したりしたことがほとんどない。信用していないのではなく、困らせてはいけないと思っている。

なので、韓国語は一切学ばなかった。それより日本語と日本文化を早く身につけることの方が大事だった。この日本で、私が彼女を守らないといけない。日本人として自立して、母を助けてあげないといけない。

だから、母にとって私はかなり「いい子」だったように思う。あまり手のかからない、自分のことは自分でする、しっかりとした子供。日本語の読み書きができない母の代わりに書類関係は引き受け、難しい大人同士の話もわかる範囲で嚙み砕いて伝えた。周りの大人はみんな、「蘭ちゃんはいい子だ」と言った。猫のおばちゃんとおじちゃんのように。

でも中学生になったある時、母のスナックにやってきたお客さんに注意をされたことがある。お土産の寿司があるから食べにこいと呼び出され、特上寿司をご馳走になっていたのだけど、私の箸の持ち方が違うと言われたのだ。

「母親が韓国人じゃけえ、マナーがなってないんじゃわ」

カチンと来て言い返そうとしたら、母に何も言うなとたしなめられた。母は、

「ごめんね。そういうのはうちにはよくわからんけえ、お客さんが教えてやって」

と笑って言う。お客さんは気持ちよさそうに箸の持ち方の講釈を垂れた。ちなみに箸の持ち方は韓国でも一緒だ。違う持ち方をしているのは、私の勝手なのだ。

それ以来、母の自慢の娘になろうとますます躍起になり始めたように思う。韓国人だから、父と離れているから……そんな理由で母の育児が蔑ろにされるのは許せなかった。良い学校に入り、良い会社に入ろう。そう思って、努力した。合格した時、就職した時、本が出たり、新聞に載ったりした時には、真っ先に母に電話した。「お客さんに自慢しといてや」と言って。

それは、今でも続いている。

異国から来た母は、大学を卒業するまで私を立派に育ててくれた。

でも私にとって母はずっと、守ってくれる存在ではなく守らねばならない存在だったのだ。


話しながらそんなことに気づいて、また涙が出た。

「だからずっと、『ちゃんとしないといけない』って思ってたのかなぁ」

と、つぶやく。

「だから、『お母さん』が欲しいのかもしれない。ちゃんとしなくても安心していられる『お母さん』。自分が自分の『お母さん』になれたら、一番いいのかもしれないけど……」

すると本田さんが「それはいいですね」と言った。

「自分が自分にとっての『お母さん』になれたら、いつも安心ですものね」

本田さんは続ける。

「幼少期の体験は、人格形成にかなり影響を与えます。例えば幼少期に親の元で不安なく過ごすことができると、自分は無条件で受け入れられる存在なのだという絶対的な安心感が養われていきます。するとそれが自分に対しての信頼、ひいては他人、世界に対しての信頼感として培われていくんですね」

「はい」

「でもRさんは、幼少期にそういう感覚をなかなか味わうことができなかった。お母様と言葉が通じなかったり、ご両親が喧嘩や別居をしたり、近所の信頼する方に拒まれたり、お母様に対する差別を目の当たりにしたり……そういう体験を重ねるうちに、『ここは安心できない場所だ』と恐れるようになったのではないでしょうか。だから、自分自身が強くならなくては、認められる人間にならなくてはと、相対的・条件付きで自分を見る癖がついてしまったのではないかなと感じます」

そう言われてみたら、確かにそんな気がする。両親には無条件で愛されているとは思うが、「家」が安心できる場所だとは思えなかった。ましてや「家」の外などもっと怖いところだと。自分が強くならなくては、賢くならなくては、いろんなものに潰されてしまうといつも怯えていた気がする。

そう話すと、

「Rさんは、母性が不足しているのかもしれませんね。逆に、父性がものすごく強いのかもしれない」

と本田さんが言った。

「母性と父性?」

「簡単に言えば、母性とは絶対的に存在を受け入れるもの。父性とは、社会的、相対的に存在を高めていくものです。Rさんの場合は、圧倒的に父性が強く、母性が慢性的に不足している状態なのかもしれません」

なるほど、と思う。

「だからいつも緊張していたり、不安だったりするのかな」

「そうかもしれませんね。相対的な価値でしかご自分を見ていないので、常に周りの目が気になったり、誰かに認めてもらわないと安心できないのかもしれません」

「そっか。大型連休が怖いのは、相対的に認められるための『仕事』から離れると、何をすればいいのかわからなくなるから、というのもあるかもしれないですね……」

時計を見ると、もうすぐカウンセリングが終わる時間だった。自分がなぜ連休を怖がるのかはなんとなくわかったが、なんの解決策もないまま大型連休に入るのは不安だ。

それで「何か宿題をくれませんか?」と言った。

「宿題?」

「次回のカウンセリングまでに、連休中に具体的に取り掛かれるような宿題があると、ちょっと不安が取り除かれるような気がするので」

すると本田さんは少し笑って、「やはり『父性』が強いのですね」と言った。やるべきことがないと、休むことすらできない。私は苦笑する。

「ちなみに、Rさんが幸せだと感じる瞬間は、どんな時ですか?」

突然、本田さんがそう尋ねてきた。私は戸惑いながらも、

「そうですね……書いた文章を人に喜んでもらえた時とか、家で子供が楽しそうにしている時とか……かな?」

と答える。

「あとは……なんだろう」

「他にはないですか?」

「いや、ちゃんと考えたことがなくて」

「じゃあ、それを一度考えてみるのはどうでしょう?」

本田さんが言う。

「今挙げてくださった二つの例は、どちらも他人の関与する『条件付き』の幸せですよね。人に喜んでもらえた、その証としての言動を受け取った時です。もちろん良いことなのですが、それとは別に、他人の関与しない『条件なし』の幸せについても考えてみてはいかがでしょうか」

「条件なし?」

「はい。例えば、お風呂に入って気持ちがいい時とか、お花を見て綺麗だなと思う時とか、好きな食べ物を食べる時とか。他人の言動いかんによらず、単に自分一人が喜ぶ。そういう意味

での『条件なし』の幸せです」

「それは……自己満足のようなもの?」

「そうです! まさに、自己満足」

私はその幸せについてちょっと考えてみた。そう言われてみると、いくつかある気がする。

「そういった幸せを、まずはリストアップしてみましょうか。その後に、リストの中からできそうなことを連休中に実行してみるのはどうでしょう?」

「いいと思います」

メモをとりながら、なんだかほっとした。連休中にやるべきことが見つかって、少し安心する。

「他人の言動によってではなく、自分で自分を幸せにする練習をしてみましょう。それが、自分が自分の『お母さん』になるための、大事な一歩になると思います」

「頑張ります」

そう言うと、本田さんは笑った。


自分で自分を幸せにする。

Zoomを切った後、自分のメモを見返しながら考えた。

これまでは、他人に認められるよう努力することこそが「自分で自分を幸せにする」ことだった。居場所を作らなくてはいけない、認められたり好かれたりしなくてはいけない。そのためにたくさん努力をした。だけどそれは「他人に幸せにしてもらう」ことでしかなかったのかもしれない。

自分で自分を幸せにする……そんなことができるのかな。

でも、もしもできたら、それってすごいことだよな。

だって、自分の中に居場所ができるっていうことだから。頑張らなくても、努力しなくても、常に自分の中に心地よくいられる場所があるってことだから。

もしかして、それが私の欲していた「お母さん」なんじゃないのかな。

そんなことを思いながら、私はゴールデンウィークを待った。

いつもなら前日あたりに発作が出るのだが、今年は何も起きないまま、連休を迎えることができた。

ご紹介する本

江國香織『きらきらひかる』（新潮社、1994年）

『きらきらひかる』は、私が初めて読んだ恋愛小説だ。その時「この人たちは、自分と似ている」と思った。「ひとりなのは、私一人じゃないんだな」と。もうだめかもしれないと思う時、必ずこの小説を読み返す。たくさん涙を流して読み終わったら、本来の自分に戻って、少し冷静になっている気がする。

あとがきにはこんな言葉がある。「ごく基本的な恋愛小説を書こうと思いました。誰かを好きになるということ、その人を感じるということ。人はみんな天涯（てんがい）孤独だと、私は思っています」

第4章

「肯定も否定もせずに、ただ感情に寄り添ってみてください」

「他人の関与しない『条件なし』の幸せについて、リストアップしてみてはいかがでしょうか」

連休初日の午後、前回のカウンセリングで出された宿題を携えて近所の喫茶店に行った。「条件なし」の幸せを、本田さんは「自己満足」とも言っていた。改めて考えてみると、自分の幸せってほとんどが自己顕示欲や承認欲求が満たされる時に限られていたかもしれないと思う。他人に言われたことやされたことだけで、一喜一憂していた。そんな私に、自分一人で幸せになれる瞬間なんてあるんだろうか?

本田さんいわく、「自己満足リスト」はささやかなことでいいらしい。はたから見たら「なんだそんなこと」と思われるようなものでも、自分が気持ちよくなったり嬉しくなることならなんでもいいと言う。それで喫茶店でコーヒーを飲みながら、メモ帳を広げてみた。一日のうちで自分が「気持ちいい」とか「嬉しい」と思う時って、どんな時だろう？
うーんと小さくうなりながらも、書き出してみる。

・お風呂にゆっくりつかる
・ストレッチをする

まず出てきたのがこの二つだった。身体を温めたりほぐしたりする時間が、私は好きだ。たいてい、仕事が終わった後の夜にこの二つをしている。その次にすることとして「眠る」という単語も頭に浮かんだが、不眠気味なので「眠る」のは今の私にとって苦痛の部類に入るなと思った。それで、

・洗い立てのシーツに寝そべる

と書いた。これは嘘ではない。うんうんうなずきながら、ぽつぽつと思いついたことを「自分にとって幸せな瞬間かどうか」確かめ書き込んでいく。適当なことや嘘を書いたら、そのリストの威力が落ちるような気がしたのだ。なんとなく、これからこのリストが自分を変えるた

めのお守りになるような気がしていたので、手を抜きたくなかった。

さらに考え、書き込んでいく。

・喫茶店でコーヒーを飲む

これも好きだな、と思う。今まさにやっていることだけれど、喫茶店にいるという状況もかなり好きだ。コーヒーの香りを嗅ぎながら、仕事や家事から離れる時間はほっとする。

また、「食べる」という単語も浮かんだのだけれど、私は胃腸が弱く食欲もあまりない方なので、食べること自体はそんなに好きではないなと思い直した。でも、

・食パンにバターと蜂蜜を塗って食べる

ことは好きだ。私の一番好きな食べ物で、土日の朝ご飯には必ず用意するものだ。それで、その通りにメモ帳に書いた。

その後もいくつか書き出した。実際に書いたリストは次の通り。

・好きな音楽を聴く
・ピアノの音を聴く
・写真を見る
・花を飾る
・良い匂いを嗅ぐ
・洗い立ての綿素材の服を着る
・おもしろい漫画を読む
・素晴らしい映画を観る
・川辺を歩く
・海を見る
・ビールを飲む

こんなところだろうか。

箇条書きが連なったリストを見ながら「結構あるものだな」と思った。「おもしろい漫画」とか「素晴らしい映画」とか、出会いの偶然性に左右される項目もあり少し甘い気がするが、数えてみたら全部で十六個。小さくても幸せになれる方法が十六個もあるというのは、なんとも心強いことだった。しかも、そのどれもが実行しようと思えばすぐにできそうなのもいい。

多分、まだ思いついていないだけで他にもあるだろう。思いついたらまた足してみよう。そう思うと、なんだか励まされる気持ちだった。幸せになれる方法がこれからも増えていくなんて、頼もしいことだなとしみじみ思う。

要は、自分がそれらを知っているかどうかなのだ。自分が幸せになる方法を、自分で知っているかどうか。


ちょっとした万能感を覚え、もっと他にもないだろうかと欲張る気持ちが生まれた。

それで喫茶店の雑誌コーナーへと向かい、京都のカフェ特集の雑誌を手に取った。「喫茶店でコーヒーを飲む」というリスト項目のために、行く喫茶店のバリエーションを増やすのはどうかと思ったのだ。自分が住む街・京都にお気に入りのお店が増えれば、その分幸せになれる確率は上がる。

それで、席に戻ってページをめくった。とても良いアイデアだと思ったのに、その時ふと、自分の感情の変化に気がついた。ページをめくるうちに、心に暗雲が立ち込めるような感覚になったのだ。

「あれ？　これ見るの、なんか嫌かも……」

いつもなら気がつかなかった感情だと思う。自分では雑誌を見るのが好きな方だと思っていたし、実際に買ったり手にしたりすることも多かったから。だけど、「自己満足リスト」を作る上で自分の感情をよくよく観察していたからか、この時初めて、感情の変化に気がついた。考えてみれば、前からこの気持ちはあった気がする。私が無視していただけで。

特に「行こうと思えば行ける範囲にある素敵なお店」とか「買おうと思えば買える範囲の価格設定の素敵なもの」を目にすると、なんというのか「見なけりゃよかった」という気持ちになるのだ。嫉妬ややっかみではない。どちらかというと、焦燥や不安感に近い。なんなんだろう、この気持ち？

私は雑誌を閉じ、「雑誌を読むと少し辛い気持ちになる？」とノートの端の方に書き込んだ。連休が明けてからのカウンセリングで、本田さんにも話してみようと思ったのだ。それがなぜなのか、一緒に考えてくれるかもしれない。そう思うと、苦手だとか苦痛だと感じることも、興味深いトピックスとして捉えることができ、救われる気持ちだった。自分についての発見や疑問を話せる人がいるって良いことだな、と思う。

とりあえず今年のゴールデンウィークは、この「自己満足リスト」を参考にしながら過ごすことにしよう。何をすればいいかわからなくなったら、「死にたい」とまた思ってしまったら、このリストに書かれていることをすればいい。一人でも楽しめるし、家族も巻き込めば、一緒に楽しむことだってできるかもしれない。

ゴールデンウィークの過ごし方の指針が定まった気がしてほっとした。良かった。なんとかなりそうだ。私は席を立って、お会計を済ませる。


三回目のカウンセリングは、連休明けの金曜日に行われた。約十日ぶりなので、少し緊張していた。

本田さんが相変わらずの笑顔で、

「連休はいかがでしたか?」

と言う。

「なんとか乗り越えられた気がします」

と答えると、「それはよかったです」と本田さんがうなずいた。

「連休の初日に、『自己満足リスト』を作ったんです」

「そうですか、いかがでしたか?」

「今、チャットで送ってもいいですか?」

「はい、ぜひ」

チャットにリストを貼り付けて送ると、本田さんが「たくさん作ったんですね」と感心してくれた。まるで宿題を褒められた子供のように、ちょっと嬉しくなる。

「それで、このリストにあることを連休中にやってみたんです。暇ができるとすぐに不安になって発作が起きそうになるので、そうなる前にこのリストにあることをしてみようと思って」

「はい、はい。いいですね」

「結構、うまくいったように思います。コロナ禍で出かけたりはできなかったけれど、家でできることはいろいろしました。観たかった映画を観たり、シーツを洗ったり、自分の好物を料理してみたり、最終日には初めて子供とお菓子作りもしてみたりして……」

「素晴らしい」

本田さんがまた褒めてくれる。でも、話しながら喉が締め付けられる感覚がした。私はなんとか自然体を装いながら、声を振り絞る。

「良い連休だったと思います。発作もなんとか受け流せたというか。でも、連休明けの翌日から……昨日から結構ひどくて。休み中に発作を起こさないように気を張りすぎて、疲れてしまったのかもしれません」

連休が終わった木曜、さっそく朝に発作が起きた。早朝に目が覚めた途端「死にたい」という気持ちに襲われ、眠たくもないのにベッドの上で動けなくなってしまった。でも、仕事があるので起きないといけない。重たい心身を引きずるようにして一日を過ごした。また発作が出てしまった、と思い、情けない気持ちになった。

「今日はどうですか？」

ちょっと涙が出そうになったことに、本田さんが気づいたらしい。心配そうな顔をしている。

「今日もちょっとしんどいですね。朝もだいぶ気分が落ち込んでいました。でもカウンセリングがあるからか、昨日よりはマシです。明日からまた土日だと思うと、不安と疲れが出てくるのですが……」

「また発作が起きるかもしれないと思うと、不安ですか？」

「そうですね。不安です。それでビクビクして、疲れるって感じです」

話しながら、厄介なことだなぁと思う。「死にたい」という気持ちから逃れようと必死なのだけど、自分の中にあるものだから逃れることはできない。自分の中にあるものなのにコントロールできない。自分で自分を傷つけ、自分で自分を恐れ、一人で疲労困憊している。

自分で自分を傷つけても何も良いことがないのに、どうしてこんなことを繰り返しているんだろうな、と話しながらうんざりした。

「あの、ちょっと気になることがあるんですけど」

カウンセリングの四十五分は、長いようで短い。私はさっそく、連休初日に見つけた違和感について話してみることにした。

「『自己満足リスト』を作る時に、気づいたことがあったんです。雑誌を見ると、素敵なカフェやレストランとか、洋服やアクセサリーが紹介されていたりしますよね」

「はい、はい」

「そういうのを見て、『いいな、行きたいな』とか『欲しいな』とか思うことがあるんですけど、それに手が届いて本当に実現できそうになると、なんだか急に不安になるんです」

「不安になる？」

「はい。焦るっていうか、落ち着かないっていうか……なんか居た堪れなくなってしまって。それで雑誌を閉じて、見なかったことにしてしまうんですね」

「へえー」

「それってなんでなんだろう？　って不思議で。今まで気づかなかったけれど、これまでもそうだったなって思ったんです」

するとと本田さんが、

「おもしろいですね」

と言った。「そのことについて、もう少しお話をうかがえますか？」と。

「例えば、実際にそのカフェやレストランに行ってみたら、その気持ちっておさまるのでしょうか？」

そう尋ねられ、私は「いいえ」と答える。

「私も、そう思って振り返ってみたんです。雑誌を見て『行ってみたい』と思ったレストランへ、実際に行ってみたこともあります。そこでおいしいものを食べて幸せなはずなんですけど、味をほとんど覚えていないんですよね。早食いしてしまったり、味わわずに食べてしまったりしているなと思いました。なんか……怖いっていうか」

「怖い？」

「はい。おいしいとか、素敵な場所だとか、実感することが怖いんだと思います」

その時ふと、思い出したことがあった。

「そういえば、子供の頃に父親にディズニーランドに連れて行ってもらったことがあるんですけど」

「はい」

「ずっと憧れていた場所ではあったんです。でも、行けると思ってなくて。父親がその気になって本当に連れて行ってくれた時は、嬉しいというよりもすごく怖かったですね。ディズニーランドに着いた瞬間に我慢できなくなって、『早く帰ろう』と大泣きしました。父親は当然のことながら、『せっかく高い交通費と入場料を払ったのに』と怒ってました。なんか、あの時の気持ちと似てる気がするなぁ」

「とても興味深いですね」

と、本田さんが言った。そして、

「人間は本能的に、『幸せ』に対して恐怖を感じるのだそうですよ」

と続けた。

「へぇー！」と私はびっくりする。「それはなんでなんですか？」

「『幸せ』を失うのが怖いから、苦痛だからです。Rさんが素敵なレストランやディズニーランドで恐れているのは、そこにある『幸せ』を実感することなのではないでしょうか」

そう言われて、ますますびっくりした。でもそれと同時に、ものすごく腑に落ちてしまった。

確かに私は「幸せ」になるのが怖い。もし一度でもそれを味わってしまったら、それが失われることに耐えられないと思ってしまうからだ。特に「お金」や「移動距離」など、労力をかけなくてはいけない「幸せ」はとても怖い。失うのがより恐ろしくなるからだろう。そう考えると、私の「自己満足リスト」が労力をかけずに手に入れられるものばかりなのもうなずける。

「『幸せ』を失うことへの防衛本能が強すぎて、『幸せ』な状況自体を恐れているのかもしれません。ストッパーをかけている、と言うのでしょうか」

と、本田さんが言った。

「自分が『幸せ』になることに、自分でブレーキをかけている？」

「そういうことですね」

「なんでそんな馬鹿げたことを……とも思うのですが、それはものすごく心当たりがあります」

思い返してみれば、これまでに何度もそういうことがあった。

恋人とのデート中には帰った後のことを考えて暗くなっていたし、子供が小さくてかわいい時には成長して反抗期になった時のことを考えて暗くなっていた。満開の桜はすぐに散るから見ていて辛くなるし、欲しい物や服に出会うと「汚すと嫌だから」と最初から買うのを諦めていた。仕事で成功しても、「あれがだめだった」「次はこうしないと」といつもダメ出しをしている。

よく人に「どうしてそんなにネガティブなの」と言われていた。「あなたはないものねだりだね」とも。でも、ないものねだりなわけではないのだ。「幸せ」がなくなるのが怖い。それなら最初から「幸せ」などない方がいいと思ってしまう。

そう話すと、本田さんはうなずいた。

「人の脳は、ポジティブなことよりネガティブなことの方が記憶に残りやすくなっています。自然界では少しのリスクが生死に直結するから、楽観的になって油断しないよう、リスクヘッジとしてそういう脳の構造になっているんですね」

「なるほど……」と言いつつも、私は言葉を返す。

「だけど文明が発達して、物理的には人間が安心して暮らせる今、生死に直結するリスクってそんなにないですよね？　レストランでおいしいものを食べて油断していたって、別にライオンに襲われるわけじゃないですし」

「その通りです」

本田さんはにっこり笑う。

「Rさんのおっしゃる通り、この防衛本能は現代にあまりマッチしていません。むしろ『幸せ』に対してストッパーをかける行為自体が、Rさんを傷つけている」

私はうんうんとうなずく。

「その防衛本能を和らげることって、できるんでしょうか？」

私のそんな質問に対し、本田さんは「できると思います」と答えた。そして、具体的にできそうなことを教えてくれた。

「まず、先ほども話した通り、人はポジティブなことよりネガティブなことの方が記憶に残りやすくなっているので、ポジティブなことを記憶に残すことが重要です」

「ポジティブなことを記憶に残す……？」

「つまり、『幸せ』を認識するということですね。『幸せ』って、『不幸』より認識しにくいんですよ。だからこそ、『幸せ』を言葉にして捉えることで、確証・確信を得ることが大事なんです」

「『自己満足リスト』は、その一環でしょうか？」

「まさにそうですね。自分がどんな時間を『幸せ』だと感じているのか、紙に書き出すことで発見できたのではないでしょうか」

確かにそうだ。それまでは特に「幸せ」だとは思っていなかったけれど、言葉にして書くことで脳がそれを「幸せ」だと認識できた気がする。おかげで、私は一日の中で「幸せだな」と思える時間が増えた。

「一日の終わりに『今日あったいいこと』をリストにするのもいいですね。振り返り『幸せだった』と認識することで、その記憶を定着させることができます」

そしてもう一つ、と本田さんは言った。

「今回Rさんが素晴らしかったのは、ご自身が雑誌を見ている時に辛い気持ちになる、ということに気がついたことです。その感情を無視するでもなく否定するでもなく、きちんと受け止めこの場に持ってきてくださったことは、とてもいいことだと思います」

そう言われたのは嬉しかったが、そんなに大したことだろうか、と思う。感情を認識するなんて簡単なことだと思うけれど……。それが顔に出ていたのだろう、本田さんはこう続けた。

「自分の感情をそのまま受け入れる、ということは、なかなかできるものではありません。思い込みや効率化から、感情を無視してしまうシーンはたくさんあります。でもRさんは、ご自分は『幸せ』に恐怖を感じているのだ、と知ることができました。これからは『幸せ』を認識するとともに、『幸せへの恐怖』もまた認識してみてください」

「恐怖も、認識するんですか？」

「はい。ポジティブな感情もネガティブな感情も、全部自分で受け止めてあげるんです。例えば『今幸せだと思っているんだね』とか、『今幸せを怖がっているんだね』とか、自分が感じていることを言葉にして、声をかけてあげる感じです」

本田さんはこれを「マザーリング」というのだと言った。

「マザーリング？」

「赤ちゃんが泣いている時、お母さんってよくこんなことを言いませんか？　『よしよし、お腹が空いたね』とか『眠たいね』とか。そのように、赤ちゃんの感情を代弁してあげること。肯定も否定もせずに、ただ言語化して寄り添うことを『マザーリング』と呼ぶんです」

初めて聞いた言葉だったので、へえーと私は感心した。

「つまり課題を言語化して、解決に導くってことですか？」

本田さんは、「いいえ」と首を振った。

「マザーリングの目的は、課題解決ではありません。感情の受容です」

「感情の受容」

「はい。解決するでもなく、批評するでもない。よしよしとあやすのに近いですね。ただただ感情を受け入れて寄り添う。それがマザーリングです」

「でも……」と私は困惑した。

「感情を受け入れたとしても、何も解決しないんじゃないでしょうか。例えば恐怖や不安などネガティブな感情を受容したとしても、それに対して何か行動を起こさなくては何も変わらないのではないかなって……」

するとと本田さんは少し笑って、「そんなこともありません」と言った。

「確かに、Rさんが置かれている状況は変わりません。でも、『自分が自分に受け入れられた』という感覚は、とても深い安心感を与えてくれます。自分の感情を否定したり変えようとするのではなく、ありのままを絶対的に肯定する存在に、自分自身がなること。それが、Rさんが目指していらっしゃる『自分が自分の〝お母さん〟になる』ことにも繋がっているように思います」

カウンセリングが終わりに近づき、

「また次回までにやっておくべき宿題が欲しいのですが」

と言うと、「では」と本田さんが挙げてくれた。

「どういう場面で『幸せ』を恐れてしまうかをリストアップする、というのはどうでしょう？ そして、その場面に立ち合ったらマザーリングをしてみるというのは？」

いいですね、と私は答えた。できるかどうかわからないけれど、やってみたいと思った。

「ただ、受け入れたらいいんですよね。怖いね、不安だね、っていうふうに？」

「そうです。それだけやってみてください」

難しいことではないような気がする。それなら私もできるかもしれない。私は手帳に、その宿題を書き込んだ。

「なんだか今日は、大きな発見をしたように思います」

最後に、本田さんにそう言った。

「これまでは『どうにかしないと』っていつも思っていたんです。恐怖や不安や焦燥感など、ネガティブな感情は行動をして解決していかないといけないんだって」

「はい」

「でも、解決しないでただ認める、っていうやり方もあるんですね」

本田さんはにっこり笑って「そうですね」と言った。

「感情を否定するのではなく、ただ受け入れること。それをぜひやってみてください。大切な赤ちゃんに、『そんなこと言っても仕方ないだろう』なんて説教しないですよね。かわいい赤ちゃんをあやすように、ご自身を扱ってみてください」

Ｚｏｏｍリンクを切り、一度伸びをする。

今朝方まで胸の中にあった不安感が、ほぐされて柔らかくなっているような気がした。どんな感情も受け入れていい、無理矢理変えなくていい、ここにあってもいいのだとわかったからかもしれない。

もしもネガティブな感情がまた出てきたら、赤ちゃんを抱くようにその気持ちを抱きかかえてみよう。

そう思ってふと鏡を見ると、晴れ晴れとした表情の自分の顔が見えた。まるで思い切り泣いた後の赤ん坊のような。

ご紹介する本

池辺葵『プリンセスメゾン』全6巻（小学館）

気持ちが本当に落ち込んでしまった時。何もやる気がなくなって、でも何もしないのも辛い時。私はいつも池辺葵さんの漫画を読む。彼女の作品は常に優しい光で満ちている。だけど温かいというのではない。まるで冬の朝のように清潔で美しい。『プリンセスメゾン』は、孤独を抱いて生きる、何名もの女性の物語。凛として生きる一人ひとりのことが、私は心から好きだ。読み終わるといつも、「私もこうありたい」と思って、少し立ち直っている。

第5章

「『解決しよう』と思わなければ、問題は問題ではなくなるんです」

眠れない夜は、ずっと頭の中で言葉が流れている。

誰かが何かをひっきりなしに喋っているのが聞こえたり、目を閉じると瞼の裏に文字がずらずらと流れていくのが見えたり。何が語られているのかはわからない。言葉の流れるスピードがあまりに速すぎて、まるで洪水のようだと思う。

昔から、眠りは浅い方だった。心配なことや不安なことがあると、すぐに眠れなくなる。特に何もない日でも途中で何度か目が覚めるし、一晩に夢をたくさん見る。朝起きた時にはすでにぐったりと疲れていて、あまり休めている気がしない。それでも夜になればなんとか寝入ることはできるので、そんなに気にしていなかった。

だけどこの二、三年で、それが少しずつひどくなっていった。

人間関係で気になることがあったり、翌日に大事な用事が入っていたり、締め切りが近づいている仕事があったりすると、もう眠れない。眠らないと、と思えば思うほど、目が冴えてきてしまうのだ。

勤めていた会社から独立して、執筆一本で食べていこうとし始めた期間と符合するので、最初のうちは「きっとプレッシャーで眠りにくいのだろう」と思っていた。そのまま騙し騙しやってきたのだけど、次第に明け方まで眠れない日というのが現れ始めた。月に一、二度ほど、ほとんど眠れない時がある。

そういう夜は頭ばかり無駄に稼働していて、体はもう疲れ切っている。だから起き上がって何かすることなんてできないのに、それでも頭はモーター音を唸らせながら空回りし続けている。脳みその熱をとるように何度も寝返りを打ちながら、私はうめき声をあげる。

その間、やっぱり頭の中では言葉が流れ続けている。何かを伝えるためでも、何かを表現するためでもない、まったく意味のない言葉ばかり。うるさくて、煩わしくて、頭がおかしくなりそう。

私は頭を掻(か)きむしり、髪の毛を引っ張り、自分の腕に爪を立てる。すやすやと眠る他の家族を起こしてしまわぬように、自分の怒りを自分の体にぶつける。どうして眠れないの。どうしてみんな眠れるのに、私だけ眠れないの。ひどいひどいひどい。ずるいずるいずるい。周りも自分もとても憎いが、どうすることもできない。

徐々に外が明るくなってきて、窓の外から新聞配達のバイクの音が聞こえると、絶望的な気持ちになる。この状態でまた一日を始めないといけないなんて、あんまりだ。誰か私の頭を鈍器で殴ってくれないだろうか。眠れないのならせめて、気を失いたい。

「おはよう」

子供が目を覚まして、私に挨拶をする。私は観念し、彼らの朝食の準備をするため、重たい体をベッドから起こす。


カウンセリングを受け始めてから、毎晩日記をつけている。利用しているオンラインカウンセリングサービスに、「ダイアリー」という機能がついていて、文章を書き込むと、カウンセラーの本田さんにのみ共有されるのだ。カウンセリングを始めて以来、毎晩眠る前にそこに日記をつけるのが習慣になった。

これまでにも、誰にも見せない日記や、みんなに公開するブログでの日記はつけていたのだけど、誰か特定の人のみに見せる日記というのは書いたことがなかったので新鮮だった。

その特定の人が誰であれ、誰かが読んでいるのだと思うと、あったことや思ったことを包み隠さず書くことなんてできないものだな、と思う。やっぱりどうしても、ほんの少し格好つけたり見栄を張ってしまう。感情的な言葉をダイアリーに書き付けた後、それを少し冷静になってから読み返し、その中から「これは読まれたくないな」という文章を自分だけが読む日記に切り取り貼り付ける。まだ本田さんに対して十分に心が開けていないのかな、と思ったが、それでもかなり正直な気持ちを綴った文章を、誰かがちゃんと読んでくれているのだという実感は、私にとっては大事なものだった。私以外に私のことを見守ってくれる存在が、ちゃんといるのだという実感が。

ダイアリーには、五つの顔のスタンプがついている。その日の気分をスタンプで表すためのものだが、「いい調子」「ふつう」「イライラ」「憂鬱」「不安」、その中から毎日選んでクリックする。カウンセリングを受け始めた当初は、ほとんどが「憂鬱」か「不安」だったのだが、一か月ほど経ってくると「ふつう」が少しずつ増え始めた。それと同時に、少しずつ眠れる日が増えていっていることにも気がついた。

自分の感情をそのまま受容する「マザーリング」という言葉を教えてもらったけれど、もしかしたら私は自然に「マザーリング」を行っていたのかもしれない。日記をつける時に、今日感じたことを言葉にする。これまではヒートアップした感情を吐き出すためだけに書いていたのが、今ではそれを、自分のみが読める日記に残すか、本田さんも読めるダイアリーに残すか、ちょっと冷静になってから判断している。つまり私は、それを少し離れた場所から読んでいるのだ。

そのようにして、私は自分の感情を「書く」だけでなく「読む」ようにもなった。発するだけでなく受け取れるようにもなって、少しずつ客観的に自分を見ることができるようになっているのかも、と思う。

カウンセリングを受け始めて変化したのはその部分だった。私は私の感情を、少しずつ細やかに受け取れるようになっている。でもそれは、ただ単に感情的になっているということではない。自分がどう感じているのかを、ちゃんとわかるようになりつつあるということだ。

私はそれを毎晩、本田さんにやや慎ましやかに報告する。全部さらけ出す必要は多分ない。心地よい範囲で報告すればいい。その心地よい範囲がどこまでかも含めて、私は日記を読みながら、都度自分の感情を点検する。自分を見守り、また、そんな自分も誰かに見守られているというのは、こんなにも安心することなのだなと思う。

そのあと少し目を休ませてから、電気を消す。するとスッと眠りに入れる。私にとってこの日記は、眠りにつくための儀式になっていた。そういうものができて心強かった。

前回のカウンセリングでもらった宿題は、

「どういう場面で『幸せ』を恐れてしまうかをリストアップする」

というものだった。幸せを恐れるなんて考えたこともなかったけれど、一度その感情に気がつくと、確かによく怖がっているなと思う。

カウンセリングでも話したが、例えばおいしいものを食べる時なんてそうだ。よくテレビや漫画などで、おいしいものを口に含んで「んー、おいしい！」というふうにじっくり味わうシーンがあるが、私はあれができない。すぐに噛んで飲み込まないと、となぜか焦ってしまい、結果早食いをしてお腹を壊してしまう。

あれは自分がせっかちだからだと思っていたが、よく考えると「んー、おいしい！」と思うことを自分で禁じているのだと思う。おいしいと感じて幸せになってしまうといけないような気がするのだ。なんだかバチが当たりそうな気がする。

それから、ウィンドウショッピングの時なんかもそう。デパートや洋服屋さんで、かわいい洋服や綺麗なアクセサリーを見ていると、「欲しい」と思う前に逃げ出したくなってしまう。そこまで高いものではなくても、無駄遣いしてはだめだとか、どうせすぐに汚すからとか、そんなふうに自分に言い聞かせて「欲しい」と思わないようにする癖がある。やっぱりなんだかバチが当たりそうに思うのだ、そういう時も。

なぜなんだろうと考えて、子供の頃に経済的に余裕のない家庭で育ったからだろうか、と思った。お金がない怖さを知っているので、お金を使うことに罪悪感を覚えているのかもしれない。

その宿題をもらった後日、打ち合わせの帰り道に、ある家の庭で薔薇の花が綺麗に咲いているのを見かけた。見事な大輪だったのでつい足を止めそうになったのだけど、すぐに私は目を逸らしてスタスタとそこを通り過ぎてしまった。「あ、今怖がっているな」と思う。満開の花は綺麗だけど、すぐに枯れてしまいそうで怖い。お花見の季節は桜が散るのを見るのが嫌で、満開の時もいつもどこか気が塞いでいる。

どうやらこの感情は、お金だけが問題ではないらしい。美しい景色を見た時も、人に優しくされた時も、焦ってその場をすぐに通り過ぎようとしてしまう。満開の薔薇の前を、さっさと早足で通り過ぎるように。

一体それがなぜなのか、考えてもよくわからない。


この「幸せに対する恐怖」は克服できないのだろうか。

そう考えたある日のお昼、おいしいと評判のお寿司屋さんに思い切って一人で行ってみることにした。別になんの記念日でもお祝いでもない。おいしいお寿司を一人でゆっくり存分に味わってみようと思ったのだ。試しに。

お店に着くと、メニュー表には松竹梅のコースがあった。一瞬迷ったが、ここはもちろん松を注文する。ボタンエビやウニなど、私の好きなネタが揃っている。

目の前に出された松のお寿司を、私はじっくりと眺めた。ツヤツヤと輝いておいしそうだ。カンパチに、イクラに、タイに、ウナギ。一貫一貫確かめるように眺めてから「いただきます」と手を合わせる。まずはカンパチから食べることにした。分厚くて新鮮で、噛みごたえがある。咀嚼しながら、「おいしい」と私は思った。「おいしい」「おいしい」と言葉にして確かめるように噛む。気を抜くと、味わいもせずに噛んで飲み込もうとしてしまう自分がいたが、そこをなんとか押しとどめて、私は何度も何度も噛みしだいた。

「おいしいのって、怖いよね」

と、心のうちで自分に話しかける。マザーリングだ。「幸せを恐れる場面に立ち合ったらマザーリングをしてみる」というのが前回の宿題だった。だから、それをお寿司屋さんで実行してみる。

「おいしいなって思うと、なんか悪いことしたような気持ちになるよね」

「だから早く飲み込んじゃって、ここから逃げ出したくなるよね」

「わかるわかる。おいしいのって怖いよね」

心の内とはいえ、こんな会話を自分としているなんてはたから見たら滑稽だよなと思いつつも、私は愚直に感情を言語化して寄り添った。おいしいのが怖いって意味わかんない、という気持ちがもたげたが、それにも寄り添う。

「おいしいのが怖いって、意味わかんないよね」

「馬鹿げてるって思うし、損してるって思うよね」

そうしているうちに、なんだか気が済んできた。「おいしいのが怖い」と感じる気持ちが落ち着いてきて、だんだん「怖いけど、おいしい」に変わってきたのだ。これにはちょっと感動した。すごい！　ちょっとずつだけど、恐怖が穏やかになるのがわかった。

時間をかけてゆっくり食べ終わったあと、私は熱いお茶を飲んで、満腹感を味わった。

「お腹いっぱいだね」

「お腹いっぱいもちょっと怖いね。なんか、悪いなって思うよね」

「でも、おいしかったね」

いつもならその満腹感は罪悪感に変わるのだけど、この日は「半分怖い、半分満足」という感じに落ち着いて、私はそれが嬉しかった。すごい。幸せを、ちょっとでも受け取ることができた。

そっか、怖がってもいいのか、と思う。怖がっていても別にいい。ただ、その怖さから目を逸らさないことが大事なのだ。目を逸らしていたら、いつまでも恐怖から逃げることになる。一旦腰を据えて受け止めることが大事なのだ。

私はお湯呑みをテーブルに置いて、スマートフォンを操作してメモアプリを開いた。そして、幸せになるのが怖くて目を逸らしてきたものたちを、思いつくままにそこに書いた。

本当は欲しかったあの洋服。本当は行きたかったあの喫茶店。本当は食べてみたかったあの店のケーキ。そういったものを思いつくままにメモに書き込み「保存」を押す。

私はこれらを「カートに入れた」と思った。まだ怖くて決済できない私の幸せたち。でもいつか、「欲しいけど怖い」が「怖いけど欲しい」になったら決済しよう。その時まで、ここに大事に保存しておけばいい。幸せは多分逃げない。だから、大丈夫。

私はお会計をするために席を立った。

「ごちそうさまでした。おいしかったです」

と、心から言いながら。


カウンセリングってやっぱりすごいな。

眠れるようになったり、おいしいものをおいしいと感じられるようになったりと、良い変化が続いていたので、私はカウンセリングの有効性を強く感じていた。一か月でもこんなに変化があるんだなと嬉しくなり、これからの変化にも期待した。もしかしたら、死にたいって思うことがなくなる日も来るかもしれない。そうしたら、どんなに生きるのが楽になるだろう。

だけど、そんなに簡単に物事は進まなかった。

後日、特に何があったわけでもないのに、朝から気分が悪かった。死にたい、と強く思う。空しく、不安で、疲れがひどい。また、あの発作が出ている。理由はやっぱりわからない。なぜ急に、と驚いた。最近調子が良かったのに、カウンセリングの効果が出ていたのに。日中も全然仕事に集中できない。ＳＮＳを行ったり来たりして、人の活躍や発言を見て落ち込んで、原稿に向かうも全然捗らない。体が重たく、食欲もない。家族に対しても受け答えするのがしんどい。

夜は、案の定眠れなくなった。

今日という一日はなんだったんだろう？　どうしてあんな無駄な時間を過ごしてしまったんだろう？　どうしてあんなにいい加減な対応をしてしまったんだろう？　みんな私のことを嫌いになってしまったのではないか？　誰かが私に怒っているのではないか？　不安は芋づる式に出てきて、私の頭はそれでいっぱいになる。

眠れない。どうしよう。このままでは明日はもっと事態が悪くなる。もっとだめな自分になってしまう。どうしよう。早く寝ないと。早く休まないと。それなのに、布団をかぶって横になっても全然眠れない。

私はほとんどパニックに陥っていた。どうしたらいいんだっけ？　マザーリングをしたらいいんだっけ？　発作の最中には、マザーリングという言葉すら思い出せない。ただただ、「死にたい」という気持ちに支配される。

藁にもすがる思いで、本田さんに言われたことを繰り返す。

「眠れないよね。辛いよね。明日のためにも、早く眠りたいのに怖いよね」

「大丈夫、大丈夫。すぐに眠れるよ。大丈夫、大丈夫」

何度も何度も言い聞かせる。何度も「大丈夫だ」と。

でも、眠れなかった。疲れ切っているのに、まったく眠たくならなかった。

なんで？　大丈夫だって言ってるのに。なんでわかってくれないの？

私は自分の髪を引っ張り、腕に爪を立てた。枕にしがみつき、悔し涙を流した。あんなにうまくいってたのに、どうしてまただめになっちゃうんだろう？

「いかがですか、最近は」

本田さんにそう聞かれ、これまでにあったことを順序立てて話した。マザーリングをすることで、怖がっている自分に寄り添えるようになったり、安心して眠れるようになったと感じた。だけど、そのあとまた発作が来て不眠になりパニックになってしまって、その時にはどうにもできなかった、と。

「なんか、前よりも発作がズンと重たいというか。最近調子が良いように感じていたから、余計にそう感じるのかもしれないのですが」

Ｚｏｏｍの画面に映る私の顔には、疲労が滲み出ている。あの眠れなかった日の翌日はさすがに眠れたけれど、それ以来眠りがまた浅くなってしまった。

「せっかく少しずつ良い方へ変わっていっていたのに、やっぱりまた元通りなのかって、すごく落ち込んでます」

正直にそう話すと、本田さんは首を振って

「落ち込む必要はないんですよ」

と言った。

「まだ数回しかセッションしていませんが、この短期間にRさんは大きく変化していると、私自身も感じています。その変化が大きすぎて、今揺り戻しが来ているのかもしれません」

揺り戻し。まさにそんな感じだ。大きく前に揺れたブランコが、同じ分だけ後ろに揺れる。ずっと前に進めると思ったのに、まさか同じくらい後退するなんて。

すると本田さんは、

「人は直線的に変わるのではなく、螺旋的に変化していくものなんです」

と言った。

「精神的な変化というのは、真っ直ぐな階段を上るように起こるのではなく、ぐるぐると螺旋を描くように起こるものです。当人からしたら、同じところを何度も回っているように感じるかもしれません。でも外から見ると、時間とともに、Rさんのいる場所の深度や高さは確実に変わっている。だから、また元通りだなんて思って、落ち込むことはないんですよ」

私は、自分が螺旋階段を上っていくところを想像した。ぐるぐると何重にも円を描く、長い長い階段。

眠れなくなった時、また同じところへ戻ってきてしまったと思っていたけれど、もしかしたら数センチは高さが変わっているのかもしれない。景色は同じでも、一つ上の階にはいるのかもしれない。そう思うと、少し心が慰められた。

「ゆっくり、地道に、やっていきましょう」

本田さんが微笑んで、私は涙目でうなずく。

「でもやっぱり、眠れないのはしんどいですよね」

と、本田さんが言った。

「そうですね。しんどいです。頑張ってマザーリングもしてみたんですけど」

「あっ、マザーリング、眠れなかった時にもしてみたんですね。素晴らしい。どんなふうにしたんですか？」

「『眠れなくて辛いんだね』って自分に話しかけました」

「はい、はい」

「そのあとは『大丈夫、大丈夫』ってずっと言い聞かせてました。『大丈夫だから、安心してね』って。でも全然安心できなくて、大丈夫じゃないなって思ってしまって。結局、明け方頃まで眠れませんでした」

本田さんはちょっと考える顔をして、「なるほど」と言った。

それから、

「『眠れなくて辛いんだね』は完璧なマザーリングだと思います。でも『大丈夫』って言い聞かせるのは、マザーリングじゃないかもしれないですね」

と、遠慮がちに言った。「え、そうなんですか？」と私は驚く。

「はい。マザーリングは、言い聞かせることではないんです。あくまで受け止めるだけなので。Rさんは『大丈夫だから、安心してね』と自分に声をかけたそうですが、それはつまり、『大丈夫だから、早く寝てね』と言い聞かせていたのではないかなと」

「ああ……そうですね。まさにその通りです」

「それは一見感情に寄り添っているように見えますが、実は昂(たかぶ)っている感情をコントロールしようとしているように聞こえませんか？」

「……確かに」

私は渋々とうなずく。本田さんはにっこり笑い、優しい口調でこう続けた。

「前にも話しましたが、マザーリングは問題を解決するための手法ではありません。ただただ、今の感情に寄り添う手法。すごく難しいし、地道な作業ですが、それを積み重ねることで、自分が自分に受け入れられているという絶対的な安心感を手に入れられるのではと思います」

それを聞いて、なんだかすごく腑に落ちた。

私はあの眠れない夜、感情を受け入れるよりも、「早く寝てほしい」という都合の方を優先してしまったのだ。感情から生まれた課題を解決するために、感情の方をコントロールしようとした。だから、あんまりうまくいかなかったのかもしれない。

「でも、眠れないのは辛いですから。そうなるのは仕方ないことです」

考え込んでいる私に、本田さんは慰めの言葉をかけてくれた。


「どうしても、問題を解決しようとしてしまうんですよねえ」

私は本田さんに言う。

「不安になると不安をなくしたいと思うし、死にたいと思うとその気持ちをなくしたいと思う。

マザーリングは問題を解決するのではなく感情に寄り添うものだと頭ではわかりながらも、つい、その感情自体を問題だと捉えて、解決したいなって思ってしまうんです」

すると本田さんは「なるほど」とまた言った。「おもしろいですね」と。

そして、

「では、『解決しようとしない』というのをやってみてはどうでしょう？」

と言った。

「解決しようとしない？」私は少しぽかんとする。

「はい。問題が起きても、それをどうにかしようとしないってことです。今のままでいい。変わらなくていい。そう思いながら、マザーリングをしてみてください」

「でも、それだといつまで経っても変わらないんじゃないですか？」

訝しげにそう尋ねる私に、「いいえ」と本田さんはにこやかに答えた。

「問題ってね、『解決しよう』と思わなかったら、問題じゃなくなるんですよ」

それを聞いた瞬間、私はちょっと固まったと思う。とてもびっくりしたからだ。

すごい、と声を漏らし、本当だ、と口に手を当てる。

「本当ですね。問題って、解決しようと思うから問題なのであって、解決しなくてもいいやと思ったら……ただの事象になりますね」

そう言うと、本田さんはうなずいた。その通り、と深々と。

「その通り。その時感情はただの事象になる。Rさんは、ただただその感情を受け入れるしかなくなります」

それがマザーリングなのか、とつぶやくと、本田さんはまたうなずいた。

「『幸せ』を恐れてしまうことについてうかがった時、Rさんはもしかして自責の念がかなり強いのかなと感じました。楽しんだり喜んだりすると、『バチが当たる』『悪いことをしている』気分になる、とおっしゃっていましたよね。その発言は、自責を超えて自罰的とも取れます」

「自罰的……」

「なぜそうなってしまうのかはまたおいおい考えるとして、まずは、今の自分のままでもいいのだと思うようにしてはどうでしょうか。変わろうと頑張らない」

「問題を、解決しようとしないってことですか？」

「そうです。解決しようとしない。自分はこのままでいいのだと、受け入れるんです」

でも……と私は言い淀んだ。

「そんなこと、できるでしょうか。そもそも、変わりたくってカウンセリングを受けているのに」

「変わろうとし続けてきたのがRさんなのだとしたら、変わるのをやめるのってとても大きな変化だと思いますが、どうですか？」

私は少し考えて「……そうですね」と答える。

「そうですね。確かに、大きな変化だと思います」

本田さんが「今日は言葉遊びみたいですね」と笑った。その笑顔に釣られて、思わず私も笑ってしまう。

螺旋階段をまた一段上った感覚が、確かにした。

金原ひとみ『パリの砂漠、東京の蜃気楼』（集英社、２０２０年）

「憂鬱や絶望をこんなに鮮やかに書き切ることができる人がいるんだなってびっくりした」と友人が教えてくれた本。読んでいるうちに本来の自分の形に戻っていき、息がしやすくなるような本に時々出会うけれど、このエッセイはまさにそれだった。友人は金原ひとみさんを「闇を表現する言葉がとても綺麗な人」と表したが、この本を読み終わり優しい気持ちになったのは、私の中のそういう部分も一緒に綺麗に表現されたからなのだろうと思う。だからと言ってもちろん何も解決せず苦しいままだけど、もうそれで十分だと涙を流すほどに。

「普通に日常を生きる自分と書く自分の乖離に身を委ねることは、それによって生き永らえているようでもあり、首を絞められているようでもある」

第6章

「私はずっと、日本人になりたかったんです」

「変わろうとし続けてきたのがRさんなのだとしたら、変わるのをやめるのってとても大きな変化だと思いますが、どうですか?」

前回のカウンセリングで本田さんにそのように言われてから、気づいたことがある。

そう言えば私は「休む」ことができない。休日をゴロゴロして過ごしたり、特別なことを何もしないでいることができない。常に何かやるべきことを探しては、それにせっせと勤しんでいる。

あるいはお正月や年度始まりなどに、目標を立てずにはいられない。昨年よりも良い自分になっていないといけない、と思うのだ。そして三か月に一度とか半年に一度、その目標を見直し、達成できているかどうかを確認する。達成できていなかったら、どのようにしたら達成できるのかを細かいｔｏｄｏリストにして手帳に書き落としていく。そんな習性がある。誰に頼まれているわけでもないのに。

こう書くと、まるで向上心のある働き者のように見える。友達や家族にもそう言われてきた。「蘭ちゃんは頑張り屋さんだね」「しっかりしているね」「すごいね」「えらいね」

以前はそれでいいのだと思っていた。みんなが褒めてくれる、認めてくれるから、これでいい。でもカウンセリングを受け続けるうちに、少しずつそんな自分に違和感を覚え始めた。

「なんか私、ずっと頑張ってない？」

そのことにようやく気づいたのだ。

私が頑張る時に感じているのは、やる気ややりがいももちろんあるが、一番は恐怖だと思う。「休んでもいいよ」と言われても、怖くて休めない。今どこに向かっているのかがわからないと、怖くてじっとしていられない。

だから積極的にゴールを設定する。この日までにこんなことを成し遂げよう、と。そして、そこに辿り着くためのやることリストを作っていく。私の「今」は、そのように未来から逆算して埋め尽くされる。休む時間なんてないほどに。

本田さんの言葉を聞いてから、自分がずっと変わろうとしている、成長しようとしていることに気がついた。それは一見いいことかもしれない。でも逆から見れば、「今の自分」をずっと否定しているとも取れる。「このままでいい」とは全然思えないのだ。このままでいてはいけない。変わり続け、成長し続けないといけない。そう思い込み続けている。

本田さんは、幸せを恐れている私のことを、

「自責を超えて自罰的とも取れます」

と表現した。確かにそうかもな、と思う。だって常に「今の自分」を許すことができないのだから。

自分が設定したゴールを達成しないと、自分を認めることができない。しかも、認めたとしてもまたすぐに違うゴールが設定される。私はまた、それに向かって走り出す。いつまで続くんだろうと思いながら。どうして私はこんなに頑張っているんだろう、こんなにしんどいのはなぜなんだろう、それなのに大した人間にもなれないで、そうまでして生きる意味ってなんなんだろうと思いながら。

まるで、両手で水を汲んできて、穴の空いた壺にずーっと注ぎ続けているみたいだ。一瞬水は溜まるがすぐに漏れてしまう。私はそれがなくならないうちに、走ってまた水を両手で汲んでくる。その様子を、自分がずっと厳しい目で見ている。サボらないように。

虚しいな、と思う。なんのために頑張っているんだろうと。

虚しい、辛い、しんどい、疲れた。

これが生きることならば、死んだ方がずっとマシ。

いつも心の中で、ぼんやりそんな考えがたゆたっている。それが馬鹿げた考えであることも、ちゃんとわかってはいるのだ。それなら頑張るのをやめればいい。だって、それを強いているのは紛れもない自分なのだから。


初めて「死にたい」と思った日のことは、割と鮮明に覚えている。

小学四年生の算数の授業の時だ。授業では、「ヘクタール」と「アール」を取り上げていた。黒板には、チョークで書かれた四角い図形。一辺の長さがいくらだから、面積はいくらでしょう？　クラスメイトたちがノートに数字を書き込んだり、手を挙げて答えを言おうとする。

その前の数日間、私は風邪を引いて学校を休んでいた。学校に来ていない間に授業が進んでいて、教科書が数ページ飛んでいる。その数ページ分を経験したクラスメイトは、みんな私とは違う空気をまとっているように見えた。「あ、この感じ知ってる」と思った。私はずっと、この感じを味わってきたんだよなと。

ヘクタールとアールの公式はすぐに理解できた。でも、その公式がいつ何のために使われるのか、どのくらいの広さで何に適した広さなのか、私には一切わからなかった。ただ数字と公式だけが目の前にある。私はそれを、必死で解いていく。間違わないように。

いつもそうだ、と私は思う。いつもいつもそう。暗記はできるのに、感覚が掴めない。夏休みの自由研究の仕方、アスレチックの登り方、うさぎ小屋の世話の仕方、シャボン玉の飛ばし方、絵の描き方、歌の歌い方、服や小物の選び方、友達や先生との接し方……みんなが自然にできていることが、私には自然にできない。わからない、と思う。どうすればいいのかわからない。だからいつも真似事だ。クラスメイトのやり方を見て、ああそのように振る舞えばいいのか、と思う。そしてやっと、それらしく動くことができる。

ノートに鉛筆で式を書きながら、私は泣きそうになっていた。なんで自分は、いつもこうなんだろう。

私は何もわからない、私は何も知らない。それなのに知っているふりをして、赤丸をもらっている。その度に何か見落としているような、誤魔化しているような、悪いことをしているような気持ちになる。公式を忘れてしまったら、私には何も残らない。

その時私を襲ったのは、強い不安感と恐怖、そして罪悪感だった。

いつもそうだ。いつもいつも。私はずっと、怖くてたまらない。

「ここから飛び降りたい」

そう強く思ったのを覚えている。

椅子から立ち上がり、クラスメイトの机の合間を縫って走り、窓から飛び降りて、頭を強く打ったなら、もうこんなこと感じなくって済むのかな。

立ち上がろうとする自分と、押しとどめようとする自分、その両方が、静かな教室の中でせめぎ合う。何かの拍子で椅子から立ち上がりそうだった。私は必死にそんな自分を抑えながら、立ち上がる代わりに算数のノートに文字を書き殴った。数字ではなく、文章を。椅子から立ち上がり、クラスメイトの机の合間を縫って走り、窓から大きく飛び降りて、頭を強く打つまでの自分のことを。その女の子は私ではない。物語の中の、私とは違う女の子のことだ。

気がつくと、チャイムが鳴っていた。私は慌てて算数のノートを閉じる。

「起立、礼！」

日直の当番の子が高らかに言い、その子の言う通りに従った。頭を下げて自分の薄汚れたシューズの先を見ながら「死ななくて済んだ」と思った。私は、文章を書いていたから死ななくて済んだんだ。

それから私は、文章を書くようになった。

この地球になかなか馴染めない自分は実は火星人で、地球の様子をレポートする使命を授かり、ここにやってきた存在なのだと思い込んで。でも、もちろんそんなことありえないのはわかっていた。そのレポートが誰にも読まれないことも、火星には誰もいないこともちゃんとわかっていた。

ただ、書く時だけは安らかな気持ちになれた。そこには公式なんてない。正解も間違いもない。私が書きたいことを、ただ書けばいい。誰かに伝えたかったことを、ここに代わりに書けばいい。

感情が昂ったり落ち込んだりするたびに、私はノートを広げた。ノートは私の投げる言葉を、黙って受け止め続けてくれた。誰にも読まれない言葉たちが、何冊も何冊も積み重なった。

私がこれまで生きてこられたのは、そのノートがあったからだ。今でもそんなふうに思っている。

「Rさんのその不安感は、どこから来ているのでしょうね」

昔を振り返ってみましょう、という話から始まったカウンセリングで、私が初めて死にたいと思った時のことを打ち明けると、本田さんはそう言った。

「『みんなが自然にできていることが、私には自然にできない』というのは、うまくできなかったということでしょうか？　そういう経験が実際にあったのですか？」

そう聞かれると、よくわからない。勉強の成績は良い方だったし、友達もちゃんといた。クラスでも活発で、先生からも気に入られ、割と目立つ方だったと思う。それなのにずっと、自分はだめだと思っていた。みんなを騙している、と。

「みんなを騙している？」

「はい。ずっと嘘をついているような……いつかバレてしまうとビクビクしていたように思います」

「何がバレてしまうと？」

「……なんでしょうね。みんなとおんなじような人間だって、嘘をついていることをかな」

みんなとおんなじような人間。本田さんは小さな声で繰り返した。

「もう少し詳しくお聞きしていいですか？　Rさんは、地球人と火星人という言葉も使われることがありますが、それとは何か繋がりがあるのでしょうか」

私は少しの間、押し黙った。言葉を選びながら、話を始める。

「みんなとは違う、という感覚が、昔からずっとあるんです。それは別に自分が特別だと言いたいわけではなく、単純にカテゴリが違うということです。私は韓国と日本のミックスですが、周りにそんな子は一人もいませんでした。みんな普通の日本人……自分が日本人であることを疑う必要がなかった人たちです。私も国籍は日本だけど『私は日本人です』とははっきり言えない。言ってはいけないのだという気がする。そういう意味で、違うということです」

これはあまり言いたくないことだった。だって、国の名前でアイデンティティが決まるだなんて馬鹿げている。そんなのは自信を持てない言い訳であって、軟弱者の言うことだ。そう何度も自分に言い聞かせてきたからだ。

母親が韓国人であることで、幼い頃から小さな差別を何度も受けてきた。どれもからかい程度のものだったが、笑って流しつつも深く傷ついていた。私は、自分がミックスだからではなく、弱いから差別を受けるのだと思った。

「だったら強くなればいい」次第にそう思うようになった。母の国籍で差別されるよりも、自分のせいで差別される方がマシだ。だって、母の国籍は変えられないし、国籍で差別されること自体間違っている。母が悪いわけじゃない。自分が理由だったら、いくらでも変えられるもの。

同時に、韓国を訪れた時にも小さな差別を感じていた。韓国人の母を持つのに、韓国語を学ぼうともしない子供を、大人たちが「傲慢だ」と感じているのがわかった。「韓国語も勉強しないと」と言われるたび、人の気も知らないで、と私は思った。日本で母を守って生きていくために、私がどれだけ努力をしているか知らないくせに、と。でも、それが正しいことなのか、自分でもよくわからなかった。

私は日本人の父を持つのに、日本人が怖かった。韓国人の母を持つのに、韓国人が怖かった。家では夫婦仲の悪い彼らに挟まれ、外に出れば疎外感を覚え、安心できる居場所なんてないと思っていた。だから自分は根無草だと思おうとした。だから自分は火星人だと思おうとした。そうすれば、全部うまく説明できると思って。

「私は日本人じゃないし、韓国人でもない」

そんな自分の声を聞きながら、ひどく惨めな気持ちになった。こんなこと言いたくなかったのに、どうして認めてしまったんだろう。これまではねのけてきた小さな差別に、自分が屈してしまったような感覚だった。なんで屈しなくちゃいけないんだ。私は絶対に負けたくないのに。国籍なんて問題にならないくらい、自分が強く魅力的になればいい。ずっとそう思って、努力をしてきたのに。

母は、生粋の韓国人だった。日本に来たのは三十歳を過ぎてから。日本語を一言も話せないのに、仕事を求めて来日した。

当然のことながら、日本人とは常識や文化、考え方が違う。国なんて関係ないといえども、土地や歴史が個人の中に醸成する価値観というのは確実にある。母には韓国のそれがあり、日本のそれは当然持っていなかった。そこに生まれたのが私だ。母自身、言葉も十分にわからない国で育児をするのは、さぞ大変だったろうと思う。

ただ、そんな中で育てられる子供もまた、いろいろな意味で大変だった。母の価値観と世の中の価値観が微妙に違う。言葉がわからない、文字の読めない母は、常にどこか不安そうで、私はその不安の中で育った。父は仕事でずっといない。私は一番身近な母よりも、学校の先生や近所のおばちゃんなど、周りの日本人の大人を頼ることにした。わからないことはその人たちに聞いた。だって、お母さんに聞いても困らせるだけだし、きっと彼女は間違っているから。私は母を信用していなかった。頼りにしていなかった。日本人の大人が言うことを母にわかりやすく伝え、私たちはその通りに動こうと提案した。母はそんな私をどう思っていただろう。私は母を守るのに必死で、母がどう思っているかなんて考えたこともなかった。

一方で、そんなふうに信用していた日本人の一部の人たちが、韓国を無意識に差別する瞬間も何度か見てきた。私は自分のルーツを隠したことはないが、それを知らない人たちが目の前で母の国を揶揄するようなことはよくあった。私はその度、「ああ、ここにもあったのか」と、まるで見えない穴に落ちたような衝撃を受け、傷ついた。

でも、彼らには私や母に対する悪意はない。それもわかっていた。だから、目の前の人を嫌いになってはいけない。彼らは私のルーツを知らないだけなのだから。そして、自分が差別をしているということに気がついていないだけなのだから。

ただ、これまで信用してきた人に、目の前で自分のルーツの一つを否定されるのは、やっぱりとても辛いことだった。

小学生の時、七夕の短冊に「お母さんが日本人になりますように」と書いたことがある。

机の引き出しに入れたまま飾りはしなかったけれど、本気でそう願っていた。そう願うことが母を悲しませることだというのはもちろんわかりながらも、明日起きた時母が日本人になっていたらいいと思った。そうすれば、全部解決する。こんなのは良くないことだと思いつつも、幼い私にとってはそれが唯一の解決策だった。

「私はずっと、日本人になりたかったんです」

そう言った瞬間に涙が溢れる。完全に屈服したな、と思った。でもそれは、意外と気持ちのいいことだった。そうかぁ、日本人になりたかったのか。私って、結構弱いんだな。そして愚かだ。本田さんは、黙って私が泣きやむのを待っている。

「自分は日本人じゃないという気持ちが、Rさんの中にはずっとあったのですね」

私が落ち着くのを待ってから、本田さんが話を整理するために言った。

「根無草という表現をされましたが、幼い頃の小さな差別の体験や、お母様の不安を感じることで、絶対的な安心感が不足していたのかもしれませんね。だからこそ、相対的な価値に重きを置かれるようになったのかもしれません」

確かにそうだな、と思う。差別されるのも、母が不安を覚えるのも、全部自分が弱いからなのだと思っていた。それで素の自分を否定して、努力し続ける癖がついてしまった。悲しくない、辛くない、私はかわいそうじゃない。私はみんなとおんなじなんだと見せつけたかった。そして母には、かわいそうじゃない娘を持ってほしかった。そうすることで、彼女を守れると思っていたのだ。

「だけど」と本田さんが言う。

「Rさんは『日本人』にこだわられていますが、純粋な日本人なんてきっと一人もいないですよ。日本人と言っても、みんな外国の血がたくさん混じっていると言いますし」

きっと私を励まそうとしてくれたのだろう。そんなに国籍にこだわっても仕方ない、と言いたかったのかもしれない。でも、咄嗟に感じたのは「それは自分が日本人であることを疑う必要がなかった人の言うことだ」という失望だった。そうじゃない、物理的な血がどうのとかいう問題じゃない。これは生まれてから深く根付き続けた認識の問題なんだよ。

そう感じていることが雰囲気で伝わったのだろう。本田さんは、

「いや、そういう問題でもないですよね」

と言った。

「そうですね、頭ではわかっているのですが」

少しだけ、微妙な空気が流れる。

「ただ思ったのは」と本田さんが仕切り直した。

「Rさんは、日本で生まれて日本で育ったのは間違いありませんよね。それでも自分は『日本

人じゃない』と思う、と。お話をうかがいながら思ったのは、Rさんはお母様とご自身を同一視しているのではないかな、ということです」

「同一視？」

本田さんはうなずく。

「Rさんは、お母様とご自身を一緒にして見ているような気がします。お母様が味わってきた不安感を、自分のものにしている。だから、自分でなんとかしようとし続けてきた」

本田さんはさらに続ける。

「ずっと辛い気持ちを表に出さず、『日本人になりたかった』と素直に言えなかったのも、お母様を否定したくなかったからではないでしょうか。もちろん、そのお気持ちは大切なものです。でも、そもそもお母様とRさんは異なる人間です。お母様とご自身を、別の人間として捉え直す必要があるように思います」

でも、と思う。

母は弱いから。母はひとりぼっちだから。離れてしまってはかわいそうだ。

その時、母が昔よく私に言っていたことを思い出した。

「蘭がいなかったら、私はここでずっと一人だ」

「蘭がいなかったら、日本にいる意味がない」

泣きながら母はそう言った。私はその度、いつか母は韓国に帰ってしまうのではないかと不安になった。私がそばにいないといけない。私が守ってあげないといけない。そうしないと、ここからいなくなってしまう。

そのことを思い出して、はっとした。ああそうか、私は母と離れたくなかったんだ。弱い立場にある彼女を、私が守ることでずっと繋ぎ止めておきたかった。彼女の受けてきた差別も全部引き受け、私が強く賢くなることでそれを払いのけてあげたかった。彼女が日本にいる意味を、私が作ってあげたかったんだ。

母に依存していたのは、私だったのかもしれない。

本田さんと話していて、初めてその考えに辿り着いた。

私はお母さんじゃなくて、私でしかない。韓国人でも日本人でもなく、ただの私でしかない。

「そんなこと、初めて考えました」と私は言う。

「自分が母を守っているのだと思っていたから、自分が母に依存していたなんて、思ってもみませんでした」

はい、と本田さんが言う。そして私の言葉を待つ。

「でも、確かにそうかもしれない……」

そう言った瞬間、「日本人になりたい」と言った自分のことを許せるような気がした。短冊にあんな願いを書いた、小学生の自分のことも。

「嘘がバレたくないのは、お母様に対してだったのかもしれないですね」

本田さんが、微笑みながら言う。

両目から涙がたくさん出て、私はしばらく何も話せなかった。

ご紹介する本

岸政彦『断片的なものの社会学』（朝日出版社、2015年）

「一方に『在日コリアンという経験』があり、他方に『日本人という経験』があるのではない。一方に『在日コリアンという経験』があり、そして他方に、『そもそも民族というものについて何も経験せず、それについて考えることもない』人びとがいるのである。

そして、このことこそ、『普通である』ということなのだ。それについて何も経験せず、何も考えなくてよい人びとが、普通の人びとなのである」

この本を読んで、ああ私は「日本人」ではなく「普通」になりたかったのだなと思って少し泣いた。

社会学とは個人の「経験」を採集することで全体の傾向を論じるものだと思っていたが、この本には全体に溶け込むことのない、いびつなガラスの欠片のような個人の「経験」が描かれていて、読むと時々怪我をする。

それらはどれも個人の生活史でありながら、非常に小説的でもある。

自分の「経験」もそうなのかもしれないと思うと、不思議と慰められる。

第7章

「『過去』は変えられなくても、捉え直すことはできます」

「私はずっと、日本人になりたかったんです」

カウンセリングで、これまでずっと抑えてきた感情を吐き出したからだろう。その日の夜はずっと涙が止まらず、家でしくしく泣き続けていた。

「どうしたの？」と家族に当然聞かれたが、特に何が悲しいわけでも悔しいわけでもない。ただ、ずっと涙だけが流れ出る。心のダムに大きな穴が空いたかのように、そこから涙が止めどなく溢れ出ていく。

でもそれは、自分の中からゴミのようなものがどんどん流れ出ていくようで、悪い気はしなかった。

泣いてばかりいても困らせるだけなので、カウンセリングで話した内容を、家族とも共有した。夫も九歳の長男も、黙って「うんうん」と聞き入れて慰めるようなことは何も言わないでくれた。何を言うべきか思いつかなかったからかもしれないが、私にとってはありがたいことだ。本田さんの慰めの言葉にカチンと来てしまった時、自分の中にまだ「誰にもわかってもらえない」という怒りや恨みがこんなにも残っているのだということに気がついた。そういう思いは、もう誰にも向けたくない。

ただ、自分の弱さを認められたのはとても大きなことだった。

これまで私はずっと「自分でなんとかしなくては」と考えてきた。あらゆる苦悩や不満を、誰かのせいではなく自分のせいにばかりしてきた。

それは、自分を信じていなかったからではない。自分以外の誰も信じていなかったからなのだと、カウンセリングを受けながら気がついた。

あらゆる不満や苦悩を他者のせいにすると、他者が変わってくれることを期待するしかない。そんなことは私にはできなかった。これまで何度もその期待は裏切られてきたし、その度に傷ついた。期待すること自体が間違っていて、自分が変わるしかないのだと思う方が、よほど建設的だった。

だから私は、自分の弱さを認められなかった。私にとって、自分の弱さはあらゆる苦悩や不満の原因であり、克服すべきものだった。

でも今回、カウンセリングで初めて弱さをさらけ出すことができた。それはこれまでになかった、とても大きな変化だと思う。

なぜだろう。本田さんを信じるようになったということなのだろうか。

そう考えてみたが、違う気がした。私はまだ本田さんを信じていない。ほんの少しぶつかるだけで簡単に傷ついてしまうので、傷つく前に距離を取ってしまう。彼女の何気ない一言にすぐ牙を剥きそうになったように。

それでもさらけ出せるようになったのはなぜなのか、と考えて、多分、自分が自分に心を開くようになってきたからだろうなと思った。

「死にたい」

子供の頃から、長くそう思ってきた自分。

私にとって、自分という存在はもっとも身近で、もっとも大きな矛盾だった。

なぜ「自分」というものは、常に「死にたい」と思いながらも生き続けているんだろう。こんなにも一所懸命生きようとしているのに、ずっと死にたがっているんだろう。

他者の手を借りてまで、その矛盾をこじ開けようとしている自分に、自分が心を開き始めたのかもしれない。

私の中に、もう一人の私がいる気がする。なんとなく、あの「弱い自分」は私ではないような気がするのだ。今こうして涙を流し続けている私も。

その日はいつもより早めにベッドに入ることにした。布団の中に入ってからも涙は全然止まらなくて、枕がみるみる濡れていく。

「ああ、明日は目が腫れちゃうな」

と思う。

でも、好きなだけ泣いたらいいさ。気が済むまで泣けばいい。

心に空いた穴から、今後何が出てきても構わない。それがきっと、矛盾の謎を解き明かす鍵になるはずだから。私はドアを開けて、その先を見てみたいのだ。

そんなふうに腹を括った私に対し、涙を流し続ける私が寄り添う。

二人はそれぞれ目を閉じて、私は久しぶりによく眠った。

カウンセリングを受け始めてから一か月、二か月と経つうちに、明らかに変化してきたことがある。

「死にたい」と思う頻度が減ってきたとか、揺り戻しこそあれ明るくなってきたというのもあるけれど、もう一つの大きな変化は、人と話す時にあまり緊張しなくなったことだった。

私はおしゃべりな方で、友達とお茶をしたりお酒を飲んだりしながら会話するのが好きだし、インタビューの仕事もしているので、インタビュアーとして人と話すことも多い。

それでもずっと、人と話す時には緊張していた。楽しいのだけど、相手のことをつい気にしすぎてしまう。相手の顔色、動作、言葉、一つひとつに敏感に反応し、別れた後にはどっと疲れが出て寝込んでしまうこともよくあった。楽しくおしゃべりした後なのに、「あんなことを言って相手は呆れていないだろうか」「不快にさせていないだろうか」と気を揉んでしまう。

だけど、カウンセリングを始めてから、人と話す時にあまり緊張しなくなっていることに気がついた。沈黙してもドキドキしなくなったし、「自分ばかり話しすぎていないだろうか」とバランスを取ろうとすることもなくなった。別れた後も、疲れて寝込んだり、不安になってそわそわしたりすることも少なくなった。

「自分のことを喋るのに慣れてきたのかな」

そのことについて友人に話した時、「そうかもね」と言われた。「『人に自分のことを喋ってもいいんだな』って、体でわかってきたんじゃない？」と。

「もちろん、そのためにお金を払っているんだろうけれど、嫌々聞いているかどうかって雰囲気でわかるじゃない。カウンセラーさんが親身になってくれているから、蘭ちゃんも心が開いてきたんだよ」

確かにそうかもしれない。まだ完全に信じられてはいないけれど、心のドアはより多く開けられるようになったんだろう。それで、ここまで開けて大丈夫だという塩梅も少しずつわかってきたのかもしれない。

「それにしても、小さい頃大変だったんだね」

カウンセリングの内容をその親しい友人とも共有していたので、彼女は感想を述べてくれた。

「蘭ちゃんって明るいから、そういう過去があるってわかんなかったなー」

私は笑ってうなずく。

すると友人は、言葉を選びつつも、こんなことを言った。

「でも聞いてて思ったんだけど、蘭ちゃんってきっと、お母さんに愛されて育ったんだろうね」

「え？」

私は、予想外の言葉に驚いた。

「だって『もっと強くならないと』って、自信がないと思えないよ」

「そうかな？　自信がないから、ずっと強くなりたいと思い続けていたんだけど……」

「でも、『強くなろう』と思うのって、強くなれると信じているからだよね。それって、お母さんが蘭ちゃんを信じてくれていたからじゃないのかなぁ」

そう言われて、「そんな見方があるのか」と驚いた。私が強くなろうとし続けていたのは、自分に自信があったから……。

その時ふと、昔の母のことを思い出した。母は、私が良い成績をとってきたり、運動会で一番をとったりすると、大袈裟なほど私を褒めた。中学の時、美術の授業で宗教画を模写したことがあったのだが、それがとても上手だと言い、母は自分のスナックにそれを飾った。その絵は今も、店に飾られている。

母は私をよく褒めた。私はその賞賛を浴びながら育った。友人の言う自信は、そこで身についたのかもしれない。

「確かに、愛されていたかも」

そう言うと友人は「そうでしょう？」と笑った。

「蘭ちゃんは、強くなろうとするくらいには強いんだよ。それは、ちゃんと愛されてきたからじゃないかな」

母は自分にとって、守るべき存在だった。母よりもしっかりして、自立しないといけないと思い込んでいた。

だけど、子供の私に実際何を守ることができたんだろう。友人に言われて初めて気づいた。守らなくてはと思っていた私は、その前に母に守られていたはずだったのに。

「そう考えると、愛されていた心当たりがいくつかあるかも」

友人は「他にはどんな？」と聞いてくれた。

「毎日遅くまで働いていたのは、私の学費のためだったし。私が必要だというものは、不自由ないように買ってくれていたし。やりたいことを邪魔するようなことは、絶対しないでいてくれたし」

「うんうん」

「差別を受けたり、言葉でのやりとりがうまくできなかったり、ひとりぼっちの時間が長かったのは確かだけど……」

「うん」

「それとは関係ないところで、愛されてはいたのかもね」

友人は、微笑んでうなずく。

「きっと蘭ちゃんはずっと寂しかったんだと思う。他の家の子のように、お母さんに頼ることも甘えることもできなくて。でも、違う形でお母さんは愛してくれてたんじゃないかなとも思うんだよね。蘭ちゃんが求めていたものとは違う形で、お母さんはずっと与え続けてくれてたんじゃないかなって」

それから友人は、自分の家族のことを教えてくれた。

「実は私自身、最近そう思うことがあったんだ。母とは小さい頃から気が合わなくて、『どうしてこの人はこんなことを言うんだろう』と思うようなことばかりだった。嫌いっていうか、不可解っていうか。だから、甘えたり頼ったり、私もできなくって。だけど、母はずっとご飯を作ってくれていて、私が『おいしい』って言ったものを、今でも覚えて作り続けてくれてるんだよね。この間実家に帰った時にようやく、『ああ、これが彼女の愛情表現なのか』って気づいてさ」

「うん」

「蘭ちゃん家の複雑さに比べたら、そんなに苦労もしていないと思う。でも、うちですらそうなんだから、蘭ちゃん家にもそういう、『愛情表現のすれ違い』みたいなものがあったんじゃないかなって」

「うん」

「その愛情表現を、もう一度記憶の中で見つけられたらいいかもしれないよね。振り返ってみて、『あれは愛情だったのかもな』って」

気づくと私は涙ぐんでいて、友人は少し慌てたようだった。

「ごめん。傷つけるようなこと言ったかな?」

私は首を振って、違う、と答える。これは感動してるんだよ、と。

「すごくいい考えだね。そうしてみる」

そう言うと、友人は安心したように笑った。

多分これも、友人の愛情表現なのだろう。そういう目で見ると、割と愛ってそこかしこにあるのかもしれないな、と思った。

次のカウンセリングでそんな話を本田さんにしたら、

「とてもいいですね」

とうなずいてくれた。

「他にも、記憶の中の愛情表現は見つかりましたか？」

と言われ、いくつか挙げる。

私が好きだと言ったプルコギ（韓国の肉料理）を何度も作ってくれたこと、シャンプーや石鹸など肌に触れるものはなるべく良いものを使わせてくれたこと、大学進学とともに家を出てからはよく電話をくれたり、いろんな食べ物を送ってくれたこと。本田さんは黙ってうなずいている。

「改めてそれらを『愛情表現だったんだ』と認識すると、なんだ、結構私だって愛されてたんだなって思ったんです。私は彼女からちゃんと何かをもらってたんだなって。単純ですけど」

本田さんは微笑みながら首を縦に振る。私は照れ笑いをしつつも、そのまま続けた。

「あと、自分が求める形以外の愛情は、『愛情』だと認識できていなかったんだなって思いました。自分の穴を埋めるような形の愛情ばかり求めていて、それ以外の愛情はスルーしてたなって。でも思い返してみれば、あれもこれも愛情だったのかなと、ようやく認識できたというか」

本田さんがうなずいて

「みんな、自分の穴を埋めたくて必死なんです」

と言った。

「その穴を埋めてくれる他人……つまり愛情を、必死で求めています。でもね、その穴にパズルのようにぴったりはまる愛情ってないんです。なぜなら、人と人は違うから。これだけ話していても、私はRさんの穴を完全に理解することはできないし、見当違いなものを差し出すことだってあると思います」

前回のカウンセリングのことを言っているのだろうかと思い、少し気まずくなりながらも、本田さんの他のクライエントのことを想像した。私の他には、どんなクライエントがいるんだろう。その人たちの心の穴は、どんな大きさでどんな形なんだろう。みんなそれぞれ、非常にユニークな形をしているに違いない。

「自分の心の穴は、自分にしか埋めることはできません。その穴を埋めるには、まず形を確かめないといけないんです」

多分このカウンセリングが「穴の形を確かめる」時間なのだろうなと思う。私が人ときちんと話せるようになってきたのは、その穴のことを徐々に知りつつあるからなのかもしれない。

自分の中にはこんな穴があるのだとわかることは、「こんなの消えやしない」という諦めとともに、「あるんだから仕方ない」という安らぎも与えてくれる。

本田さんは続けて、こんなことを言った。

「以前私は『Rさんは自罰的なところがある』と言いましたね。ずっと今の自分を否定し続けている、と」

「おっしゃってましたね」

「それがなぜなのかずっと考えていたのですが、今のお話を聞いて思ったことがあります」

「えっ、はい」

突然のことに少しドキッとする。本田さんは真面目な顔でこう続けた。

「過去・現在・未来は、繋がっているものです。過去があるから今があり、今があるから未来がある。でももしかしたらRさんの中では、『過去の自分』と『今の自分』がうまく繋がっていないのではないでしょうか」

それを聞いて、私は「え?」と一瞬考え込んだ。

「過去の自分」と「今の自分」が繋がっていない、とは?

黙り込んだ私に、本田さんはこう説明する。

「Rさんは『今の自分』を常に否定することで、『未来の自分』へ成長しようとされています。つまり『過去の自分』のことを、まるで悪いものや罪であるように感じていらっしゃるのではないかなと。Rさんの中で『良いもの』としてあるのは『未来の自分』だけなのではないでしょうか」

ああ、と私は唸った。「過去の自分」を悪いもののように感じる。確かにそれには心当たりがあった。

「そうですね。そうかも。そういえば私、『過去』って全部嫌いなんです。嫌だったことも嬉しいことも、思い出しても仕方ないから思い出したくなくて。だって、変えられないじゃないですか?」

「はい」

「だったら、『未来』を見た方がいい。変えられない『過去』を思い出すよりも、変えられる『未来』を見ながら生きた方が建設的だって思うんです」

「そうですね。『過去』を変えられないのは確かです」

でも、と本田さんは言った。

『未来』はそれだけで独立してあるものではありません。『過去』『現在』と結びついているものです。だから『過去』『現在』を否定してしまうRさんは、どんな『未来の自分』になっても気が済まないのではないかと……」

それを聞いて、私は思わず笑ってしまった。見事に言語化されて、確かにその通りだと思ったから。

「そうですね。それってほんと、キリがないですね」

笑いながら言った。「でも、じゃあ、どうすればいいんでしょう」

本田さんが、真面目な顔で返す。

「でも、『過去』は変えられなくても、捉え直すことはできますよね？　ご友人に勧められて、『過去』に『愛情表現』を見つけたように」

私は、友人との会話を思い出す。あの時、心が慰められたことを。

過去の中にも良いものがあったのだと、思い出させてもらえたことを。

「『過去』をもう一度違う視点から見て、違う解釈をすることはできます。その時、別の意味が『過去』に付与される。そうすると『現在』の解釈も少し変わるはずなんです」

「……『過去』から新しい意味が生まれるってことですか？」

そう、と本田さんは力強くうなずいた。

「ご友人に教わられたように、これからも『過去』を捉え直す作業をしてみてはいかがでしょうか。だからと言って、無理にこじつけをして、『良い過去だった』と思い込むのではありません。『あの過去があったから今の自分があるのだ』と、減点ではなく加点方式で『過去』を捉え直すのはどうかな、ということです」

「加点方式……」

「はい。『なかった』ものではなく、『あった』ものに目を向けてみるんです」

その時ふと、「ないものねだり」という言葉が頭に浮かんだ。

私はずっと「あるもの」よりも「ないもの」に目を向け続けていた。自分の足が踏み締めてきた土地よりも、未開の土地にばかり目を向けて、そこに「未来」を見出していた。

でももしかしたら、と、私はこれまで踏み締めてきた土地を振り返る。こっちの方に、望んでいた「未来」があるのかも?

「だけどそれって、具体的にどうすればいいんでしょう」

そう尋ねると、本田さんは「Rさんはご自分の部屋はありますか?」と言った。私は「あります」と答える。

「そこに、人からもらったものはないでしょうか。ご家族からプレゼントされたもの、ご友人から贈られたもの、写真でも手紙でも、なんでも構いません」

「あ、はい。いろいろとあるはずです」

「それらを一つひとつ手にとって、確認してみてはどうでしょう。これをくれた時、その人はRさんに何を伝えたかったのか。どんな気持ちを渡したかったのか。一つひとつの贈り物に、もう一度意味を見出してみるんです」

私は、友人からもらったブローチについて考える。かつてとても仲の良かった友達。あの時はすごく近しい仲だったのに、気づけば今は疎遠になっている……。

その時心が小さく痛み、舌打ちをしたくなる気分になった。だから嫌なのだ。過去はかつてのものだから、思い出したって意味がない。

私は「でも」と言い返す。

「でも、それって『過去』の愛情ですよね？　今はその人の中に、そんな愛情はなくなっているかもしれない。消えてしまった『過去』を思い出すのって、寂しいことじゃありませんか？」

すると本田さんは「いえ」と即答した。

「いえ、『過去』は消えません。『過去』は、Rさんの中に蓄積されるものだからです。それがRさんの『現在』なんです」

過去は消えずに、蓄積される。私は、本田さんの言葉を頭の中で繰り返す。

「だから、あの時はあったけど今はもうないんだな、なんて悲しむことはないんですよ。その『過去』は、Rさんの一部になっているんですから」

私はすぐ近くの棚の上に飾っている、細い花瓶に目をやった。

それは長男がかつて選んでくれた私への誕生日プレゼントで、長男は「お母さんに似合うと思って」と照れ臭そうに手渡してくれた。

こういうものが確かに過去にあったのだ、と思う。

私が歩んできた道の上に、確かに小さな花は咲いていた。もう枯れていると思って目を逸らしてきたけれど、「咲いていた」という事実自体はずっと消えない。

その花を、これからもう一度確認しに行きなさい、ということなのだろう。どんな色で、どんな形で、どんな想いが込められていたのか。それを思い出させてくれるものが、私の部屋にきっといくつかあるはずだから。

時計を見ると、カウンセリングが終わる時間だった。

「ではまた、次の時間に」

そう言ってZoomを切り、私はふうとため息をつく。

立ち上がり、花瓶に手を伸ばした。ひんやりとした、滑らかな感触が手に伝わる。

顔を近づけると、ガラスの中にキラキラと光る気泡が見えて、私はそれをとても綺麗だと思った。

國分功一郎・熊谷晋一郎
『〈責任〉の生成——中動態と当事者研究』（新曜社、2020年）

お二人の研究を元にした対談がとてもおもしろく、無我夢中で読んだ。まるで自分のことが書かれているような快感から、どんどん読書への没頭度は増していったのだけど、立て続けに言葉がクリーンヒットしてしまい、ひどく体調が悪くなってしまった。そんな経験は初めてだったけれど、それでも読むのをやめられなかった、非常に強い本。

「誰もが大なり小なり傷ついた記憶を持っている。そんなわれわれ人間にとって、何もすることがなくて退屈なときが危険なのではないか。そんなときに限って、過去のトラウマ的記憶の蓋が開いてしまう。だから私たちは、その記憶を切断する、つまり記憶の蓋をもう一回閉めるために予測誤差の知覚を得ようとして、いわゆる『気晴らし』をするのではないだろうか、と」

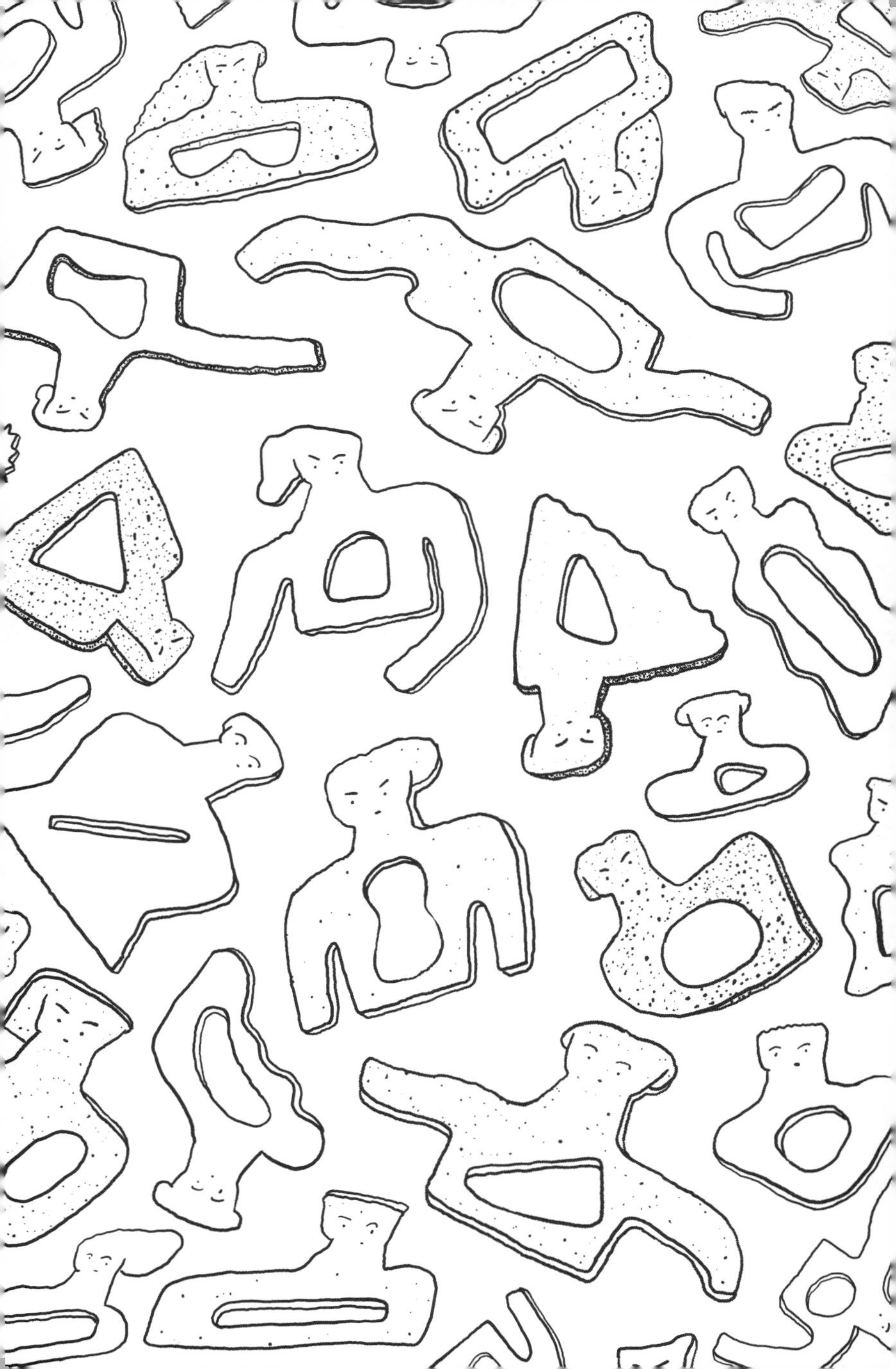

第8章　「あなたは、必死に生きようとしています」

手紙。ブックカバー。ブローチ。ぬいぐるみ。

ピアス。ネックレス。ハンカチ。ペンケース。

自分の部屋の中にある、これまでに人からもらったものたち。

私はそれら一つひとつを手に取り、誰が、いつ、どんなふうに贈ってくれたのかを思い出す。

友愛や家族愛、恋愛や敬愛。

愛にはいろんな形があって、それぞれ重さや温度が違う。私はどの愛も、その瞬間にしか存在し得ないもので、その愛の重さや温度は時間とともに儚く消えてしまうのだと思っていた。ものは残っても、心は変わるし愛はいずれ消える。だから、ものにはもの以上の意味が残らず、手に取って思い出しても寂しいだけだと思っていた。

だけど、本田さんはこう言う。

「『過去』は消えません。『過去』は、Rさんの中に蓄積されるものだからです。それがRさんの『現在』なんです」

贈られたものたちは、相変わらず私のそばにある。ものとしての重さや温度はそのままに、勝手になくなったり壊れたりしない。それなのに私は、ものに対してまるで「なくなったり壊れたり」したかのような視線を向けていたように思う。

手の中に収まる「過去」に、何を見出すのか。すでになくなったと思うのか、今も確かにあると思うのか。それによって、現在の捉え方も変わってくるのだと、本田さんは言った。

「『過去』は消えません」

本田さんの言葉に「本当かなぁ」と独り言で返す。ものを一つひとつ手に取り、贈ってもらった時のことを思い出してみた。記憶の中の贈り主は、みんな笑顔だった。その顔を思い出していたら、なんだかちょっと泣きそうになった。

毎日感じていた「死にたい」という気持ちは、頻度こそ落ちたけれど、なかなか消えてくれない。

時々ふわっと、本当に脈絡なく「死にたい」という気持ちが強くなる。まるで、常時自分を包んでいる薄い霧が、急に濃度を増すように。

嫌なことや辛いことがあったわけでもないので、理由がわからない。だから自分ではコントロールできないし予測もできない。それはほとんど脅威に近い。

この間は、次男の保育園の運動会で子供たちの競技を見ていたら、無性に死にたくなった。「かわいいな」「大きくなったな」と、微笑ましく見ていた最中に。よく晴れた日で、キラキラした日光が子供たちに降り注ぐのを眩しい気持ちで見ていたら、急に「ああ、ちょっともう無理かもしれない」と思った。そうしたら急に涙が出てきてしまった。一体何が無理なのか、自分でもわけがわからなくてちょっと笑った。周りから見たら、感動して泣いている人に見えただろう。

自分の部屋でかつての贈り物たちに囲まれている最中も、不意に「死にたい」という気持ちが強まってきた。またやってきたな、と思う。発作だ、これは発作。そう何度も言い聞かせることで、私は理性をなんとか保つ。

もう二十五年くらいこの発作と付き合ってきたが、いまだに全然慣れない。「死にたい」という感情はいつも新鮮な強さでやってきて、その度に私は呑み込まれそうになる。そして、「もう無理だ」と思うのだ。これ以上生き延びるなんて、私にはできない。自信がない。誰かに助けてほしいのに、それが誰なのかもわからない。

ああ、今ここに鉄砲があったらこめかみを撃ち抜くのにな、と思う。包丁があったら頸動脈を掻っ切るのに、高い場所だったら飛び降りるのに。

そんな考えを、私は心底馬鹿げていると思う。もう一人の私が死にたがっている私を見て、愚かだと軽蔑している。この瞬間が、とてもしんどい。一番弱っている時に、一番近い人間に見放されているのだから。

そういう時は、その場から一歩も動かずにじっとしている。鉄砲はもちろん、包丁にも高い場所にも近づかない。「死にたい」という気持ちがなくなってくれるまで、黙ってそこで耐えている。経験から、この気持ちが一時的なもので数分もすれば過ぎ去ってくれることを知っているから。

そのうちに、「死にたい」という気持ちが潮が引くようにゆっくりと消えていく。

その瞬間はいつも、体温が急に下がる気がする。ブルっと震えて鳥肌が立つ。心細い。でも、生きていかなくては。私は立ち上がって贈り物たちを元の場所に戻した。

よかった、今日もちゃんと発作を乗り切った。少しずつ平熱を取り戻しつつ、私はほっとする。それと同時に、また発作が起きることへの不安が始まる。次はいつなのか、どれくらいの大きさなのか。私の生活は、もう長い間ずっとこんな調子だ。

「持病だなぁ」

独り言を言って、私は自分の部屋を出た。

「思考の癖は、なかなか抜けないですからね」

かつての贈り物と向き合ってみたけれど「死にたい」という気持ちが出てきてしまいました、と言ったら、本田さんがそう言った。

過去を「ないもの」と捉える癖も、すぐに「死にたい」と思う癖も、子供の頃から染み付いてしまっている。何か新しく試みたからといって、それらがすぐに抜けるわけではない。

「まずは、自分にはそういう『思考の癖』があるのだと、客観的に認識することから始めるといいと思います。そこから徐々に癖をほぐしていくアプローチをしていきましょう」

そこで本田さんは「認知行動療法」について教えてくれた。

「この手法についてはご存じですか?」と聞かれたので、「はい」と答える。カウンセリングを受ける前に、本で読んだことがあったのだ。でもほとんど内容を忘れてしまっていたので、改めて本田さんから教わることにした。

「まず、ネガティブな『感情』が起こった時、その感情がどんなものかを書き出します。悲しい、イライラする、不安だ、寂しい……なんでもいいです。その後に、その感情が何をきっかけに起こったのか、『出来事』を書き出します。例えば、親しい人からメールが返ってこないとか、上司に怒られたとか、ママ友に無視されたとか」

「はい」

「じゃあ、例えばママ友に挨拶を無視されて、不安を感じたとしましょうか」

本田さんはそう言って、認知行動療法の説明を進めた。

「その時、Rさんだったらどんなことを考えますか？」

「えっと……何か自分が悪いことをしたのかな？　と思うかもしれないですね。その人の気分を害する言動をとってしまって嫌われたのかな、とか」

「その結果、不安な感情になっているということですね。そのネガティブな『感情』を引き起こす思考を、『自動思考』と言います。それも紙に書き出してみます」

「感情、出来事、自動思考」

私は、手元でメモをとりながら繰り返した。

「はい。その後に、客観的な目で一連の流れを見てみてください。身近な他人の目を借りてみるのもいいかもしれません。ママ友に挨拶を無視されて、嫌われたかもしれないと不安がるRさんを、仲の良い友達が見たらどう言うでしょう？」

「……ええと、『気づかなかったんじゃない？』とか『急いでいたんじゃない？』とか、言うかもしれないですね」

「そうですよね。『嫌われた』以外にも、いろんな可能性があることに気がつくはずです。それを『反証』と言います」

「なるほど」

「思いつく限りの『反証』をリストアップしてみたら、だいぶ客観的に自分を見られるようになって、ちょっと落ち着いているかもしれません。その時に、自分がどんな感情になっているかに注目します。そして次にどんな『行動』を取るべきかも紙に書いてみます」

「えっと、じゃあまとめると」

感情↓出来事↓自動思考↓反証↓反証後の感情↓行動。

私はメモの続きを書きながら、読み上げる。

「そうです、そうです。ちょっと時間がかかるし、初めての時には難しいかもしれませんが、やってみると思いのほか効果があります」

「確かに、これをすると落ち着きそうですね。同じところでぐるぐる回らないで済みそう」

本田さんは「まさにそうなんです」と言った。

「大抵の場合は、『感情』から『自動思考』までのところで立ち往生してしまっています。そこをぐるぐるすることで、さらに思い込みが強化され感情が増幅してしまいがちです。だからそこで『反証』を入れてみるのが大事なんですよね。自分以外の他者の目線、客観的な目線を入れることで、ちょっと『感情』から離れることができます」

「なるほど」と私はつぶやいた。認知行動療法とは、「感情」から距離を取るための手法と言えるかもしれない。

「『感情』に呑み込まれるとしんどいですよね。だから『ああ、呑み込まれそうだな』って思った時に、距離を取る方法を知っていると、ずいぶん楽になると思いますよ」

でもなぁ、と私は思う。

私の「死にたい」という「感情」には、この手法は適用できないかもしれない。その「感情」と「出来事」の間には、あまりにも脈絡がない。なぜこの「出来事」に際した私が「死にたい」と感じるのか、「自動思考」の部分でつまずいてしまうな、と思った。

そう話すと本田さんは、

「それについては、違うアプローチが必要そうですね」

と言った。そして『死にたい』と思う時のことを、もう少し詳しく教えていただけませんか？」とも。

「今、Rさんが『死にたい』と思う時って、どういう時が多いんですか？」

「えっと、一番多いのは、やっぱり朝起きた時ですね。これから一日が始まるのかと思うと、なんか怖いっていうか。ちゃんと乗り切れるだろうかって心配になります。『死にたいな』って気持ちに全身包まれて、起きられないんだけど、起きないとますます死にたくなるから、無理矢理起きて」

「はい、はい」

「動き始めたらその気持ちが薄れるのはわかっているので、とりあえず家事や仕事をします。そうしたらだんだん消えていく。でも、また一日の中で不意に『死にたいな』って思う時が出てくるんです」

「それはどんな時なんですか？」

「うーん……それがよくわからないんですよね。道を歩いている時とか、スーパーで買い物をしている時とか、家にいる時とか……。一人の時にも思うし、誰かと一緒の時にも思うし、時間もあまり関係ない。本当によくわからないタイミングで、いつも突然なんです」

「理由がないって、前々からおっしゃっていましたもんね」

「最近、体力をつけようと思ってジョギングを始めたんですけど、この間は朝に走りながら『死にたいなー』って思っていました。もう、生きたいんだか死にたいんだか、明るいんだか暗いんだか、わからないですよね」

冗談っぽくそう言うと、本田さんがちょっと笑う。私も笑って、こう続けた。

「とにかく、何かしていないとその感情に呑まれそうになるんです。だから、『死にたい』って思う隙間を与えないように、ずっと動いて気を紛らわせようとしている感じ。私がなかなか休めないのは、休むとその感情がもたげそうになるから、それが怖いからなんです。これって、なんなんでしょうね？」

するとと本田さんが、

『死にたい』と思う時ってどんな気持ちなんですか？」

と言った。

「どんな気持ち？」

「悲しいとか、辛いとか、形容詞をあてるとするなら」

「うーん」

考え込む私を、本田さんがじっと待つ。それを感じながら、「そうだよな、『死にたい』という感情にもいろんな種類があるよなぁ」と思った。私の「死にたい」と他の人の「死にたい」では、それぞれ全然違うのかもしれない。

「切ない、が一番近い気がします。あと、寂しい、かな」

「切ないと、寂しい」

「うん、あとは……虚しい、かな？　切なくて寂しい結果、虚しいっていうか」

「虚しい」

なるほど……と本田さんが言う。

「何が切なくて、どうして寂しいんでしょうね」

「さあ……よくわからないです。とにかく、急に切なくて寂しくなる。自分がとても、頼りない存在のように感じます」

まるで雲を掴むような会話だった。

でも、「死にたい」という気持ちに対して、ここまで他人に質問されたのは初めてで、なんだかそれが嬉しかった。私の悩みに、深く興味を持ってもらえている。「死にたい」と感じることを否定されないでいる。「死にたい」ということを話してもいいのだと受け入れられた気がして、とても嬉しかった。


「『死にたい』という気持ちを、何か他の言葉で言い換えることはできないでしょうか」

まだまだ諦めない本田さんが言った。

「『死にたい』って、文法としては希望とか願望じゃないですか。『食べたい』とか『会いたい』とかと同じで」

「そうですね。『I want to……』ですよね」

『死にたい』を、他の願望に言い換えることはできないですかね？　死よりももっと手前の、生きる前提での願望。例えば『休みたい』とか『誰かにそばにいてほしい』とか」

実はそれについては、以前から何度か考えていた。「死にたい」という言葉が安直すぎるのではないかと、自分でも思っていたのだ。現状から「死」へ向かって、安易に飛躍しすぎている。その飛距離の間に、実現可能な願望がないものか……と。

「これまでにも、近しいなと思った言葉はいくつか見つかっているんです」

そう言うと、本田さんの目がちょっと輝いた。

「『休みたい』とか、『眠りたい』とか、『何もしたくない』とか」

「はい、はい。いいですね」

「でも」

と私は続ける。

「近いけど、違うんです。私は、休みたいわけでも、何もしたくないわけでもない。むしろそれは怖いことです。だって何もしないでいると、ますます『死にたい』という感情に苛まれてしまうから」

「……ああ、そうですよね」

「だから、一番近いのは『ずっと眠っていたい』かもしれないですね。意識を持ちたくない。

もう目覚めたくないっていうか」

「それは……やっぱり『死にたい』ですよね」

「うーん」と言いながら、本田さんがメモを取りつつ私の言葉を待つ。真剣に、根気強く聞いてくれているのだと思うと、やっぱりとても嬉しくなった。

それで「あの、ありがとうございます」と、私は思わずお礼を言った。

「えっ？」

「いや、なんか、こんなに『死にたい』って思うの、申し訳ないなぁってずっと思っていたんですよ。特に辛いことがあったわけでもないのに、『死にたい』って思うなんて罰当たりだよなって。いつまでもよくわからないことでクヨクヨして、馬鹿みたいだよなって。だから、ずっと誰にも言えなくって」

すると本田さんが、

「罰当たりなんかじゃないですよ」

と言った。「馬鹿みたいでもありません」と。

「Rさんは、必死に生きようとされています。理由のわからない感情に振り回されながらも、瀕死の状態になりながらも、それとちゃんと向き合って言葉にすることで、理解しようとされています。だから、申し訳ないとか、罰当たりだとか、思わなくって大丈夫ですよ」

本田さんは、すごく真剣な表情でそう言った。

私は「死にたい」と感じ続けることを、ずっと誰にも言えなかった。言えば近しい人を傷つけることになるし、困らせることになる。それに、「死にたい」と思うに値するほどの苦労は私にはない。そんなことを感じるのは甘えであり、愚かで傲慢なことだ。言ってはいけないこと、感じてはいけないことだと、ずっと自分でその感情を否定してきた。

この感情をどうにかしようと心療内科に相談した時には、すぐに「うつ病」だと診断された。「そんなに頻繁に『死にたい』と思うのは、脳の病気です」と。やっぱりそうなのか、と思う。やっぱり私が変だったんだ、薬を飲めば治るんだ、と。

だけど、

「本当に、生きることって絶対的に良いことなのだろうか」

という疑いも拭えなかった。

「生きることって、何か意味があるのだろうか」

「なぜみんな、生きようとするのだろうか」

わからない。なぜ私は、生きなくてはいけないんだろうか。それがわからない。

考えても仕方ないことだとか、生きることにはそもそも意味がないのだとか、そんなふうに言われたり思ったりしつつも、私は考えることをやめられなかった。

「なぜ私は、『生きたい』とも『死にたい』とも思うのだろう」

考えてはいけないと思いつつも、ずっと一人で考えてきた。


本田さんと話しながら、自然と涙が溢れてくる。

「Rさんは、必死に生きようとされています」

そう言われて、ふっと心が軽くなったからだった。

確かに、私はずっと生きようとしてきた。「死にたい」という感情に呑まれそうになりながらも、なんとか踏みとどまって生き延びてきた。「生きたい」という気持ちを、私は強く持ち続けてきた。

そんな自分を、後ろめたく思う必要はないのかもしれない。これからも、「生きる意味」を考え続けてもいいのかもしれない。だってそれは、私が生きようとしている証でもあるから。

本田さんが初めてのカウンセリングで言っていたことを思い出す。

「まずは『死にたい』と感じてもいいのだと、自分を許してあげてください。その上で、なぜそう感じるのかを一緒に考えていけたらいいなと思うのですが、どうでしょう」

目元を拭いながら、私は本田さんに言う。

「一緒に考えてもらえて嬉しいです」

すると本田さんはにっこり笑って、「一緒に考えていきましょう」とまた言った。

「『死にたい』という感情もまた、Rさん自身です。今のRさんを作ってきた、とても大切な要素です。その部分を否定するのではなく受容して、じっくり付き合っていきましょう。私はその手伝いをするために、ここにいるんですから」

その日のカウンセリングはそこで終わった。次のカウンセリングまでに、「死にたい」に近しい言葉をさらに探しておくことを約束する。

「次回も、よろしくお願いします」

お互いにそう言いながら、Ｚｏｏｍを切る。

私の重要な謎を、ともに究明してくれる人。

そんな人ができた喜びで、私の心は温まっていた。

カズオ・イシグロ『クララとお日さま』（早川書房、2021年）

友達ロボット（AF）のクララと、それを購入した少女・ジョジーの物語。クララの信仰の対象は「お日さま」で、病気がちなジョジーのために身を投げ打つようにお日さまに祈り続ける。

私にもこんな友達ロボットがいたらいいのに、と思うと同時に、私もクララのようであれたらいいのに、と思った。大切な人が幸せに生きることだけを強く祈る存在。

「心配なことはありませんでした。わたしには最高の家で、ジョジーは最高の子です」

第9章

地球以外の場所で、ひとりぼっちでものを書く人たち

中学生の時、授業中に『国語便覧』を眺めていたら、芥川龍之介の項目にこんな言葉が書いてあった。

「少くとも僕の場合は唯ぼんやりした不安である。何か僕の将来に対する唯ぼんやりした不安である」

『或旧友へ送る手記』より

これは芥川が友人へ宛てた遺書の中の一節で、彼は自分の自殺の動機をこのように語っていたという。『国語便覧』にそう書かれているのを読んだ時、私はとても衝撃を受け、「唯ぼんやりした不安」の箇所に蛍光ペンでマーカーを引いた。自分の気持ちがここに言い表されている

と思ったからだった。自分と似たような人がいるんだ、そしてそんな理由で「死にたい」と思う人が私の他にもいるんだと思って、ほっとしたのを覚えている。

ページをめくると、太宰治の項目も目についた。彼は女性と入水自殺をしているが、その死の二か月前の写真が載っていた。太宰はまだ赤ちゃんの次女を抱き、幼い長女に向かって満面の笑みを浮かべている。こんなに幸せそうなのに二か月後には死ぬんだなと思うと、やはりそれにも衝撃を覚えつつ、安堵する気持ちがあった。人はどんな理由で死ぬかわからない。幸福そうに笑っていても「死にたい」と思っている人も、きっといるんだろう。

それ以来、私は小説を読む時に、作者の経歴の最後を必ずチェックするようになった。死因を知るためだ。自殺。自決。ガス吸引自殺。服毒自殺。割腹自殺。猟銃自殺。

そこに「自殺」という文字を見つけると、その作家のことを知りたくなった。この人は、なぜ自ら死を選んだのだろう？　なぜ、そうしなくてはいけなかったのだろう？　そこに自分との共通点がないかどうか、探し出すのが癖になった。そして、少しでもその気持ちが似通ったような人に出会うと、ほっとした。よかった、自分一人ではない。こんなふうに「死にたい」と思うのは自分だけではなかったのだと、それだけで十分な気持ちになった。

私が本を読み始めたのは、そういった人に会えたから、というのも大いにある。普通に社会で生きていると、なかなかそんな人には出会えない。みんな、ちゃんと生きている。みんな、「死にたい」なんて思ってもいない顔で。

ただ、彼らが自殺をした理由を考え始めると、一方で、彼らが生きなくてはいけない理由があったのかどうかも考えるようになる。そうすると、「そんなものはないのではないか」「なぜ生きなくてはいけないのか」という気持ちになってくるので、そこでいつも考えるのをやめるようにしていた。あまり考えすぎるのは危険だと感じて。

私はその人ではないし、一生わかることはない。私が覗き込んでいるのは彼らの心の中のようでいて、実は私の心の中なのだ。「どうして彼らは自殺したのか」という疑問は、最終的には全部私に返ってくる。なぜ私は死にたいのか？　なぜ私は生きているのか？　なぜ私は死なないのか？　その問いにうまく答えられなかった時、自殺は必然性と現実味を帯びてくる。

『完全自殺マニュアル』という本を書店で見かけたことがあるが、私は絶対にそれを手に取らなかった。もしも手に取ったら、ふっと一線を越えてしまいそうだからだ。

私は自殺を恐れている。自分がうっかりそれをするのではないかということをずっと恐れている。だから、その方法は知らないままでいたい。いつまでも躊躇していたい。そうしていたら、もしかしたら生きる意味がわかる日が来るかもしれない。その時までは、みっともなくてもためらい続けなくてはと思っている。

それなのに、「自殺」というキーワードを見かけると惹かれずにはいられない。そこに、自分の正当性を、自分の仲間を、探しているのかもしれない。そういう人の書いたものを読むと、私は心からほっとする。ひとりなのは私一人じゃない、と思うのだ。

「『死にたい』という気持ちを、何か他の言葉で言い換えることはできないでしょうか」

前回のカウンセリングで、本田さんにそのように言われた。

これまでも、私はそのことを何度も考えてきた。

言葉は自分の心を表しているようで、実は心を規定している。自分の心を的確に微細に表現する言葉を持っていなければ、まるで四捨五入をするかのように、大まかに心を振り分けることしかできない。本当は自分が抱えているのは「死にたい」とは微妙に異なる複雑な欲求だとしても、それを認知できなければ、やっぱり私は「死にたい」としか思えない。

もしかして私が「死にたい」としか思えないのは、語彙の足りなさゆえではないのだろうか？そんな仮説はずっと私の中にある。もしかしたらまだ、「死にたい」よりももっと相応しい言葉に出会えていないだけかもしれない、と。

「『休みたい』とか、『眠りたい』とか、『何もしたくない』とか」

近しいなと思うのはこのあたりだと、前回本田さんに伝えたけれど、でもやっぱりなんだか違う。休んでも、眠っても、何もしないでいたとしても、ずっと「死にたい」という欲求は晴れないまま、靄のように私の周りを覆っている。何もしないで空っぽになればなるほど、その靄は濃くなって自分の中にまで侵入してくるかのようだ。

私はこれまでずっと、「死にたい」の代替の言葉を見つけられなかった。

「好きなことがしたい」でもない。「誰かに認められ愛されたい」でもない。「億万長者になって遊び暮らしたい」でもない。

もちろんそういった欲求はあるが、その状態が叶った先のことを考えても、「死にたい」という欲求が消えている想像ができない。おしゃれな格好をしておいしいものを食べている時も、相思相愛の相手の腕の中で眠りにつく時も、タワーマンションの最上階で夜景を見つつシャンパンを傾けている時も、私はきっと「死にたい」という靄に包まれているだろうと予測できる。想像しただけで、自分がそんなことでは満たされないことがすぐわかるのだ。つまり、それらが「死にたい」の代替語ではないということが。

だから私は、「死にたい」と感じた時の対処法がわからない。「死にたい」と感じた時には、その欲求が過ぎ去るまで耐えるしか、今のところ方法がない。実生活においては、これが一番厄介なことだと思う。

「してはいけない」という禁止形は人の心に強くストレスを与えると、何かの本で読んだ。それよりも「替わりにこれをしなさい」と命令した方がよっぽどいいそうだ。それはそうだろう、私だってひたすら耐え続けるよりも、他のことに没頭していたい。死ぬことを我慢するよりも、生きることで気を紛らわしていたい。ただ、それがどうすればできるのかが、よくわからない。

きっと何かあるはずだ。諦めないで探してみよう。

そう思っていたある日、また死にたくなった。

ある朝のことだった。ひどい夢を見た。身近な人に自分のしようもない嘘がバレて、失望され無視される夢だった。泣いても、喚いても、謝っても、その人は絶対に私を許してくれない。私にもう、なんの期待も希望も抱いていない顔だった。

目が覚めるとまだ三時半で、心臓がドキドキうるさく鳴っている。そばでは子供たちが寝息を立てて深く眠っている。さっきの夢が現実だったのかそうじゃないのか、すぐにはわからず混乱した。

スマートフォンを見て、昨夜のことを思い出す。ベッドに入るまでは、何もなかった。その後もここで眠っていたのだから、大丈夫、ヘマはやらかしていないはずだ。そう言い聞かせ、ドキドキする胸を落ち着かせる。それでもなかなか安心できず、背中と首がこわばって痛い。頭の中で、夢の中で自分が発した喚き声が大きな音で鳴り響いている。

夢に出てきたしようもない嘘など最初からついていないのだが、そんなものは叩けばどこからでも出てくる気がした。そのことが恐ろしくて、涙が出た。馬鹿げていると思う。こんなのは妄想だ。早くもう一度眠って、今日の仕事に備えなくては。締め切りの差し迫った原稿があるのだから。そう思えば思うほど、焦って目が冴えてしまう。

「死にたい」と思った。どんどんその濃度が高くなっていった。

私はどうしていつもこうなんだろう、とまた思う。別に嘘なんてついていないのに、嘘をついているような気がする。存在しない嘘が誰かにバレやしないかといつもビクビクしている。バレたら嫌われる、軽蔑される。一緒に暮らしている家族にも、仲の良い友達にも、仕事を頼んでくれる編集者やディレクターにも、いつも読んでくれる読者にも、みんなから。その「嘘」がいったいなんなのかは、自分でもわかっていないのに。

私は自分の腕に爪を強く立てて、その気持ちが過ぎ去るのを待った。舌を噛み切ったら死ねるだろうか。台所に行って包丁で喉を突き刺したら死ねるだろうか。そんなことを考えつつ、絶対に実行しないように爪を立て続けた。これは発作だ、時間が過ぎれば消えるんだと言い聞かせて。

そういう時は、自分の産んだ子供たちの寝息すらも、非常に遠くのものに感じられる。この子たちはこんな不安を感じないのかなと思うと、自分と違ってよかったと心からほっとする気持ちと、自分だけなぜこんな状態なのだろうという疎外感の、両方を感じる。

「帰りたい」と強く思う。帰りたい。

でも、どこに帰ればいいのかさっぱりわからない。

その時、「見つけた」と思った。「死にたい」に替わる言葉を。

そうだ、私はずっと帰りたがっているのだ。ただ、自分がどこに帰りたがっているのかわからない。帰るような場所なんてない。その寂しさ、切なさを、私はずっと感じていた気がする。

そしてその感情を「死にたい」と呼んでいた気がする。

私は、布団にもう一度潜り込んだ。「帰りたい、だ」とつぶやく。

よかった、これを今度本田さんに話してみよう。まずはそこまで生きてみよう。

スマートフォンに忘れないようにメモを取ると、少しほっとしたのかまどろんだ。

また同じような朝がやって来る。


「帰りたい、ですか」

カウンセリングでそう話すと、本田さんは私の言葉を繰り返した。私は「はい」とうなずく。

「これまで候補に挙がってきた言葉の中で、それが一番近いです。でも、どこに帰ればいいのかわからない。だから虚しいとか切ないという気持ちを感じていたように思います」

「Rさんは、いったいどこに帰りたいんですかね」

「さあ……」

「今のおうちや、ご実家ではない？」

「そうですね。私は毎日この家に帰ってきているし、実家も特に帰りたい場所ではないので」

「それでは、他に帰りたい場所があるのでしょうか」

「うーん……」

二人で、しばしの間考え込んだ。

「……火星？」

不意に、私がそうつぶやいた。本田さんが顔を上げる。

「や、ずっと前に私、自分が火星人だと思っていたって話をしたじゃないですか。みんなは地球人で、私は火星人だってずっと思っていたっていう。だからもしかして私、火星に帰りたいのかなぁって……あの、もちろん比喩なんですけど」

おかしなことを言っているかなと思いつつ、ためらいながらもそう言うと、本田さんが真面目な顔で、

「実は私も『火星かな』って思っていました」

と言った。

私は思わず笑ってしまう。

「でも、本当に火星に帰りたいわけではないですよね。Rさんの言うように、『火星』は何かの比喩なのだろうなと」

「そうですね。なんの比喩なんだろうなぁ」

再び考え込む私に、本田さんがこう尋ねてきた。

「Rさんは『この人は自分と同じ星の人だ』と思う人に出会ったことはないですか？　自分と同じ、火星人だって思う人」

「自分と同じ……」

その時ふと、いつかの『国語便覧』で見た、白黒の写真を思い出した。神経質そうな目元、ほっそりとした輪郭、癖の強い髪の毛。

「芥川龍之介、かな」

「芥川？」

本田さんが目を丸くして言う。

「はい。彼が自殺する前に書いた遺書を読んだ時、ああ、自分と似ているかもしれないと思いました。こんなことを言うと、ものすごく烏滸(おこ)がましい気がするのですが……」

「いえいえ、気にしないで続けてください」

「彼は遺書に、『唯ぼんやりした不安』という言葉を書いていたんです。それが妙に自分の気持ちとしっくりきて、ああ、こういう理由で死ぬ人が私の他にもいるんだと思いました。それから芥川の作品を読み漁る時期がありました。おもしろいというよりも、妙に心が落ち着く、息ができるというのか」

「はい、はい」

「それから、同じような理由で、太宰治も好きでした。彼の作品も、読んでいるとほっとしたんです」

「二人の作品の共通点はなんでしょうね?」

そう聞かれて、私は黙り込んだ。別に、自殺したかどうかはあまり関係がない気がする。他にもそういう作家が何人かいたし、その中には自殺していない人も、今も生きている人もいるからだ。彼らの作品に共通するのは、いったいなんなのか……。

「あの、なんか、孤独な人だなと思って」

私は、心に浮かんだことを思い切って言った。

「自分が火星人だと思う人は、自殺した、しないにかかわらず、書くものから孤独だということが伝わってくる人だったように思います。そういう人が書いたものを読むと、息がしやすくなる」

「息、ですか」

「はい。多分彼らは、地球じゃない星で、ひとりでものを書いていたんじゃないかと思うんです」

本田さんは真面目な顔で、画面越しに私の目を見つめた。伝わっているかどうかわからないが、私は続ける。

「地球に馴染んで暮らすことに必死になっていた私にとって、彼らの作品世界の空気は、とても新鮮でした。この人たちは、地球とは別の、新しい星を作っている。そういうことをしてもいいのか、と、彼らの書くものを読むとそう思いました」

「彼らの書いた作品が、『新しい星』?」

「そうです。その作品を読む時には、私は息がしやすくなる。地球以外にも星があって、地球よりも息がしやすい場所は他にあるのだということを教えてくれるから、私は彼らが好きでした。ひとりぼっちで、新しい星を作る人、新しい世界を作る人たち」

「つまり、地球以外の場所で、ひとりぼっちでものを書く人たち」

「そうです」

私は続ける。

「私にとって『地球』とは、世間とか常識とか、そういうもののメタファーなのかもしれません。一方で『火星』とか『新しい星』は、世間や常識に囚われない、個の中にある精神世界、みたいなものかもしれない」

「なるほど」

「だから正しく言えば、彼らは『自分と同じ火星人』ではなく、『自分と同様に異星人』である人たちなのだと思います。その人たちには、その人たちそれぞれの星がある。みんな、その星でひとりぼっちなんです」

本田さんは少し考えながらこう言った。

「それならRさんが『火星に帰りたい』と言うのは……」

「そうですね。多分、地球に馴染むのではなく、息がしやすい世界を新たに作りたい、ということなのだと思います。つまり、『書きたい』と」

その瞬間、私は自分の言葉に驚いた。

「死にたい」が「書きたい」に繋がるなんて、思ってもみなかったから。

「私、おかしなことを言っていませんか?」

心配になって、そう尋ねる。心に浮かぶことを何も考えずにしゃべるうちに、自然と予想外の言葉が出てきて動揺もしていた。

すると本田さんは首を振った。

「いえ、とても本質的なことをおっしゃっていると思います」

「地球が世間、火星がRさんの精神世界なのだとしたら、Rさんはその火星に帰りたがっているんでしょうね。でも、その『火星』がどこにあるのかわからない」

「そうです。だから、書くしかない」

「書くものはなんでしょう？　小説ですか？」

「小説でも、エッセイでも、短歌でも詩でもありえるような気がします。私が出会った異星人は、いろんな作品を書いていたので」

「一つの作品を作る、ということが大切なのかもしれないですね。例えばそれが、絵でも音楽でも」

「まさにそうだと思います。私が使いやすい道具が言葉だったから、『書く』にこだわっているだけで」

　本田さんが一息ついて、

「とてもおもしろいですね」

　と言った。

「作品を、そのような見方で捉えたことはありませんでした。つまり『新しい星』を作るということが、芸術の効用だとも言える」

本田さんは顔を上げて、私の目を見てにっこりとした。

「作品を作らずにいられない芸術家というのは、『新しい星』を作らないと息がつまる人なのかもしれないですね。そのことに救われている人は、たくさんいるんじゃないでしょうか」

そうですね、と私は答える。その「新しい星」に、私がどれほど救われてきたか。

子供の頃、自分は火星から来たスパイなのだと思い込んで、毎日母星へ送るレポートとして日記を書いていた。あの頃使っていた言葉は、紛れもなく地球語、日本語であるはずなのに、私にとっては火星語だった。

地球上の誰に理解されなくてもいい。誰に認められなくてもいい。

だって私は火星人なんだから、自由に、思うがままに、自分の言葉で書いたらいい。

その星に、私がいくら救われたかしれない。

「宇宙の話になるなんて、思ってもみませんでしたね」

カウンセリングが終わりの時間に近づいて、本田さんがそう言って笑った。

「そうですね。だけど、宇宙の比喩がちゃんと伝わって、嬉しかったです」

すると本田さんは、微笑んでこう言った。

「メタファーの共有は、とても大事なことです。それができたのは、Rさんがイメージの断片を伝え続けてきたからですよ。次はその『宇宙』をどう見るか、その『宇宙』でどう過ごすのがいいか、一緒に考えていきましょう」

Ｚｏｏｍのスイッチを切りながら、私は大きなため息をつく。満足のため息、高揚のため息。

私の心の中をイメージで捉え、それを今度は他者とともに議論する。

そんなことができるなんて思ってもいなかったけれど、これまで対話してきたことがすべて積み重なってここまで来られたのだと思うと、とても嬉しかった。

「それができたのは、Ｒさんがイメージの断片を伝え続けてきたからですよ」

「死にたい」に替わる言葉を探し続けてきて、本当に良かった、と思う。

私を取り巻き続ける靄を、以前よりも少し愛しく感じた。

ご紹介する本

太宰治「駈込み訴え」『走れメロス』（角川書店、1970年）に収録

太宰治の作品の中では、短編小説「駈込み訴え」が特に好きでたまに読み返す。

「いいえ、私は天の父にわかって戴かなくても、また世間の者に知られなくても、ただ、あなたお一人さえ、おわかりになっていて下さったら、それでもう、よいのです。私はあなたを愛しています。ほかの弟子たちが、どんなに深くあなたを愛していたって、それとは較べものにならないほどに愛しています。誰よりも愛しています」

えぐるように自分の感情を言葉にし続ける彼の独白を読むと、なぜだか奇妙に慰められる。矛盾を請け負って真っ向から苦しみ続ける彼は、見事なまでにひとりぼっちだ。

第10章

居心地の良いように「火星」を作り替えていけばいい

「死にたい」という言葉を、「帰りたい」という言葉に置き換えてから、自分自身に少しずつ変化が見られるようになった。

発作が起きる時、これまでは「死にたい」の先には生きるか死ぬかしかなかった。何が起こるかわからない不安な道か、先に何もない無の道か。その二つの道の分かれ目に立たされ、でもどちらにも行きたくなく、嵐が過ぎるまでうずくまるように、発作が治まるのを待つことしかできなかった。

でも「死にたい」の代替語を見つけてからは、生きるか死ぬかの二択の他に、「帰る」という選択肢ができた。とりあえず、帰る。どこに？　火星に。どのようにして？　文章を書くことによって。文章を書けば、そこに自分だけの星が浮かび上がる。だから、なんでもいいから書いてみようよ。

私は、嵐吹きすさぶ岐路から離れ、落ち着いて文章を書ける静かな場所へ移動する。穴ぐらのような場所で雨宿りをしながら、一人でコツコツと文章を書く。誰に宛てるでもない、誰に読まれるでもない文章を、母星の言葉で書き連ねる。すると、ノートやパソコンの液晶画面に私の星が立ち上がる。さらに手を動かして書き続けていると、少しずつ、その星の中に身を置いているような気持ちになり、私は「帰りたい」という自分の願いが小さく叶ったことを知る。

気がつくと嵐は通り過ぎていて、私はまた岐路に立つ。そして、見通しがある程度良くなった「生きる」道を選んで歩き始める。さっきよりは、怖くない。怖くなったら穴ぐらに入って、火星に一時的に逃げたらいいのだと知ったから。

代替語が見つかって一番良かったのは、このように、自分の願いや欲求に応えられるようになったことだ。

これまでは「死にたい」という自分の思いに対して、否定したり無視したりすることしかできずにとても辛かったけれど、今は「帰りたい」という欲求に行動を通して応えることができる。

書こう。なんでもいいから書こう。

私がかつて出会った作品、つまり、さまざまな地球外の星たち。あんな星を、私も作るんだ。

私は「死にたい」の先に、「新しい星」という自由の領域を見出した。

その発見は私にとって、とても大きな救いになった。

以来、発作が起こるのをそれほど恐れなくなった。

発作が起きたらどうしたらいいのか、わかるようになったからだ。対処法がわかったので、来るなら来い、と思うくらいになった。すると不思議なことに、「死にたい」という気持ちになること自体が徐々に減っていったのだ。

カウンセリングを始めた頃はほとんど毎日「死にたい」と思っていたけれど、本田さんと話を始めてから月日が流れるうちに、どんどんその頻度が落ちていった。三日に一度、一週間に一度と減っていって、ついには二週間に一度ほどになった。

もちろん、だからと言って、発作にすぐにうまく対処できるようになったわけではない。「死にたい」という感情に呑まれて、「帰りたい」という言葉をうまく思い出せずに苦しんだりもする。それでも「また本田さんにこのことを話せばいい」と思うと、次のカウンセリングまでは生き延びようと思う。

「書く」か「話す」か。

とにかく「言葉にする」ことで、私は生き続けているんだと思った。

「死にたい」と思う頻度が下がるにつれ、身近な人には「表情が明るくなったね」「元気になったね」と言われるようになった。

特に私の変化に反応したのは長男だ。

十歳になった長男は、生まれた時からずっと情緒不安定な私を間近で見ている。発作が起きると理由もなくさめざめと泣いたり、起きていることも眠ることもできずベッドでただ寝込んでいたりする私に、彼はその度「大丈夫?」「元気出してね」「休んでいていいからね」と声をかけ、そばで見守っていてくれた。五歳の次男が不安がり始めると、彼が弟の気を逸らせて安心させてもくれた。

子供に負担や心配をかけるなんて母親として失格だと何度も思ったし、こんな自分ではなくもっと陽気で強い人が母親だったら彼にとってどんなにいいだろう、と考えたこともたくさんある。

心療内科で診てもらおうと思ったのも、カウンセリングを受けようと思ったのも、子供たちの存在が一番大きかった。大人はパートナーや友人を選ぶことができるが、子供は親を選べない。私が彼らを押しつぶしてしまう前に、私自身が変わるしかないのだと、強く思っていた。

「お母さん、最近明るくなったね」

初めて私の変化に気づいたのは、長男だったように思う。

「本当？」

「うん。前よりよく笑うようになった」

「前はあまり笑わなかった？」

「そうやな。なんか元気がなかった。いつも疲れてたし」

確かに私はいつも疲れていた。発作が来るのを常に恐れ、そして発作によって自分が取り乱すのを恐れていた。だからいつも緊張していたし、不安だった。

「でも今は、なんか楽しそう」

と長男が言う。

「そうかな？」

「うん、最近は休みの日に『どっか遊びに行こう』とか『なんか映画観よう』ってよく言うやん。あれ、俺嬉しいねん。お母さんが楽しそうだと、嬉しいねん」

それ以降も、長男は私の変化に気づくたびに声をかけてくれた。

「顔つきが穏やかになった」

「リラックスしている」

「アクティブになった」

そんなふうに言葉を変えては、表現する。そして最後に必ず「お母さんが楽しそうだと嬉しい」と言うのだ。まるで、その変化が気のせいでないことを確かめるように。

長男も、私がカウンセリングを受けていることを知っている。

そこで話したことも時々話すのだが、ある時、幼少期の振り返りをした内容を彼に伝えると、こんなことを言った。

「お母さんは子供の頃、ほんまに寂しい思いをしたんやな」

そして、「俺はそんな経験したことはないけど、お母さんの辛い気持ちは想像できる気がするよ」と言った。

その瞬間、自分が一気に十歳の頃に引き戻されるような感覚があった。十歳と十歳の子供同士が、リビングで向き合って話しているような。それはすごく不思議な感覚で、私はなんだか恥ずかしくなり、長男から目を逸らした。いつの間に彼はこんなに大きくなったんだろう？

そして私は、いつまであの頃の不安を引きずっているんだろう？

私が初めて「死にたい」と思ったのは、今の彼と同じ十歳の時だ。算数の授業中に、教室の窓から飛び降りたいと強く思った。それ以来ずっと、この気持ちが染み付いて消えない。外側は年相応に変わっていったけれど、私の心の奥底はあの頃から何も変わっていない。

子育てにおいて一番怖かったのは、私と同じこの気持ちを、子供も持つのではないか、ということだった。もし、私のせいでそうなったらどうしよう。自分のことも手に負えない私が、彼に何をしてあげられるんだろう。皆目見当もつかなくて、考えるだけで怖くなった。

その日、ずっと聞きたくて聞けなかった質問を初めてした。

「廉太郎は、『死にたい』と思うことってある？」

ドキドキしながら返事を待っていると、彼はううんと首を振り、

「俺は一度もない。生きるのがめちゃくちゃ楽しいもん」

と笑顔で言った。

私はその答えを聞いて、心からほっとした。

「それなら良かった、安心した」

本当に良かった。私に似なくて良かった。

そう思うと同時に、彼は地球人なんだなと思った。私がずっと憧れ続け、劣等感を抱き続けてきた、れっきとした地球人なんだと。そんな人が自分から生まれるなんて、なんだか不思議な気持ちでもあった。

「でも、お母さんが『死にたい』って思うのはわかる気がするよ」

最後に長男がそんなことを言ったので驚いた。「そんなに寂しい思いをしたんなら、『死にたい』って思うのも当然だと思う」と言う。

「俺は『死にたい』って思ったことはないけれど、お母さんがそう思うのはわかる気がする。

だから、そう思ってもいいと思う」

それを聞いて私は、つい泣きそうになった。

地球人だとか火星人だとか、区別をして壁を作っていた私の心を、彼の想像力がいとも易々と抱き込んでくれたのを感じたからだ。なんだか自分がとてもちっぽけな気がして、彼に対して恥ずかしく、また心から感謝する気持ちも湧いた。

でも泣くと長男がまた心配するので、我慢して「ありがとうね、本当に」とだけ言った。長男は、なんで感謝されているのかわからないような顔をしていた。

「死にたい」と思う私を受け入れてくれてありがとう。

その時私は、確実に十歳の自分だった。

次のカウンセリングは本田さんの

「Rさんにとって火星ってどんなところですか?」

という質問から始まった。

「地球はどんなところで、火星はどんなところなのか。Rさんにとっては、その二つの場所にどんな違いがあるのでしょうか」

私はちょっと考えてから、

「地球は……自分以外の人がいっぱいいますね」

と言った。「なんか、当たり前のことを言っているようですけど」と笑いながら続ける。

「地球には他人がいっぱいいるんだけど、常識とか共通認識とか枠組みの中で、ゆるくみんな繋がっているような気がします。例えば家族とか、夫婦とか、仕事仲間とか、友達とかの関係性それぞれに、見えないルールがある感じ。そのルールがわからないと、うまくそこで過ごせないっていうか」

「はい、はい」

「私は幼い頃、そのルールがわかりませんでした。転校したての小学校で、ルールや所属や構成がよくわからない運動会にいきなり参加しているような。地球ってそういうイメージ。それは『社会』という言葉の持つイメージと、だいぶ近いような気がします」

「社会、ですか」

「はい。だから『ちゃんとしなくちゃ』ってすごく思うんです。この人はちゃんとどこかに属していて、ルールを知っているんだと思われるように、ちゃんとしなくてはと」

本田さんは「なるほど……」とつぶやいてから、「では、火星はどうでしょう?」と尋ねた。

「火星には、誰もいないですね」

「誰もいない。Rさん以外?」

「はい。私しかいない」

「地球には海や緑や人の住む家などがありますが、火星はどうですか？」

「火星は……そういうのもないです。ゴツゴツとした岩しかない。小さな湖や、数本の樹はあるかもしれないけど」

「結構、寂しい風景ですね？」

「そうですね。寂しいところです。静かで、寒々しい風景。そこに小さくて質素な家があって、私が一人住んでいる感じでしょうか」

「『星の王子さま』のような……？」

「ああ、そのイメージは近いかもしれません。剥き出しの硬そうな地面の上に、一人の王子さまが立っているような絵があるじゃないですか？　まさにそんな感じです」

「なるほど。そこは、住みやすいですか？」

住みやすいかどうか？

そんなことは考えたことがなかったけれど、私は「住みやすくはないですね」と答えた。

「物質的に住みやすいのは、確実に地球の方です。火星は荒んでいますし、昼はまだマシとしても夜は寒いんです。あと、暗くなるのが早い」

もちろん、実際の火星環境のことではない。これは私の中の「火星」の風景だ。

「地球にあるような、おいしいものも娯楽もない。ただただ、静かなんです」

「そこにいるのは辛いですか？」

「いえ、辛くはないです。息がしやすいし、寂しくないし」

「寂しくない？」

「はい。だってここは一人だから。地球は人がいっぱいいるので、寂しいです」

うーん、と本田さんが考え込む。

「Rさんは、幼い頃、『火星にいる仲間にレポートするために地球にいるのだ』と思っていたとおっしゃっていました」

「はい」

「でも、火星には仲間がいないんですね」

「はい。でもそれは、子供の頃からわかっていた気がします。火星には私以外の人はいないけれど、火星という場所はある。そして私は、時々無性にそこに帰りたくなる」

「息がしやすいから」

「そうです。息がしやすいから」

なんて頼りない話だろう、と思う。全部私の心象風景で、こんなことは誰にも話したことがないから、内容に矛盾もあるだろう。だけど、イメージを共有し続けることが大事だと言った本田さんの言葉を思い出しながら、あれこれと話し続けた。

本田さんは、そんな私の話を吸い込むように小さく唸った。

「興味深いですね」

そう言って、私を見る。

「つまり、Rさんにとって地球が『集団』とか『社会』なのだとしたら、火星は『個人』『ひとり』だということですね」


「あの、少し思ったんですけどね」

本田さんが切り出した。

「Rさんにとっての『火星』って、アイデンティティなんじゃないかなって思ったんです」

「アイデンティティ」

「はい。アイデンティティって、『自分は自分だ』と思うことです。自我同一性とも言います」

「ああ……確かに、火星にいる時にはそんなふうに感じられるような気がします」

自分は自分だ。

火星では、疑う余地のないほどそう感じる。だってひとりぼっちだから。

それを「アイデンティティ」と言ってもおかしくないかもしれない。私が私であるために、帰り着く場所。原点のような場所。

その場所が荒涼としたイメージなのは、幼い頃の家庭環境も関係するのかもしれないけれど、そこは息がしやすく落ち着く場所であることもまた事実なのだ。

「でも、Rさんはずっとそこにいたいのですか？　地球には二度と帰りたくない、と思うのでしょうか」

「いや……そんなこともないですね。一人でばかりいても、なんだかつまらないし。それに、地球には大事な人がいます。その人たちのところに帰ろうって思う。書くのをやめて生活に戻る時は、いつもそんな気持ちです」

地球に対しても「帰る」という言葉を使ったのが、自分でも意外だった。本田さんはその言葉に気づいているのかいないのか、ちょっとだけ微笑む。「そうですよね」と言って。

そして、

「地球と火星、どちらかだけに定住しなくていいと思うんです」

と言った。

「地球にはおいしいものや娯楽があって、大事な人もいるって、さっきRさんおっしゃいましたよね。友達もいるし、家族もいるし、仕事もある。悪いことばっかりじゃないと思うんです」

「はい、それはもちろん、その通りです」

「でも、ずっと地球にいるとそれはそれで疲れてしまうから、時々火星に帰りたくなる。誰もいない、自分だけの場所に。そして火星にいると、なんとなくまた地球が恋しくなる」

「はい、はい」

「その繰り返しでいいと思うんです。地球に定住しなくても、火星に定住しなくてもいい。まるで遊びに行くように、行ったり来たりしたらいいんじゃないでしょうか」

なるほど、と私は答える。

地球に馴染まなくてはいけないとか、火星に帰りたいとか思い詰めていたけれど、もっとカジュアルに行き来することもできるのかもしれない。なんだか目から鱗だ。

「多分、Rさんは、自分のことを『火星人』だと思われていますよね。それに対して、地球で生きやすそうにしているのは『地球人』だと」

そうも言われて、長男のことを考えた。「死にたい」と思ったことなんて一度もないと言う彼に、私は安堵の気持ちを持ちつつも、「この子は地球人なんだなぁ」と疎外感を覚えたのも事実だった。

私は、本田さんの言葉にうなずく。すると彼女はこんなふうに続けた。

「でもね、生粋の地球人なんて、実はいないんじゃないでしょうか。みんな宇宙の中を漂っている宇宙人で、たまたま地球にいるだけなのではないでしょうか。中には地球が性に合っている人もいるでしょうし、地球人に擬態している人もいる。それは、外から見ただけではきっとわからないことだと思うんです。Rさんだって、地球で生まれて地球で育って、外から見れば地球人ですよね？」

「確かに」

と、私は笑ってしまった。

地球人／火星人と単純な二項対立で考えて、自ら他人と距離を置いている。これもまた、一つの差別だよなぁと思う。長男はそんな私を、想像力でまるっと抱き込んでくれたというのに。

「みんな、宇宙人なのかな」

思わずそうつぶやいた。

「宇宙規模で見れば、そうですよ」

「みんな、『ひとり』だってことですね」

「そうです。みんな『ひとり』なんです。みんな『宇宙人』で、たまたま地球にいるだけなんです」

本田さんがそう繰り返した瞬間、目の前の彼女の輪郭がはっきりしたように見えた。

自分が「ひとり」であるように、他者もみんな「ひとり」である。本田さんだって、長男だって、友人たちだって。

「自覚をしているか、していないかだけの違いです」

そう言って、本田さんはくっきりと笑った。

「ひとり」なのは私一人じゃない。また、そのことに気がついた瞬間だった。今度はもっと、大きな範囲で。


「それから」

と本田さんが続けた。

「Rさんの火星はすでにあるものではなく、今後も作られていくものなのではないでしょうか」

「作られていくもの？」

「はい。アイデンティティがもともとオリジナルなものではなく、他者との関わりの中から作られていくように、Rさんの火星もまた、どんどん編集されていくものではないかなと思うんです。コラージュと言ってもいいかもしれませんね」

「コラージュ……」

本田さんは「つまり、『星作り』ですね」と言って微笑んだ。

「火星はRさんの居場所です。誰にも侵されない、一人だけの場所です。その場所を、より居心地良くすることってできると思うんですよ」

それを聞いて、なんだか少しだけワクワクしてきた。

「……例えば、花を植えてみたり？」

本田さんはちょっと目を丸くして、それからまたにっこり笑う。

「はい、Rさんが花を好きなのであれば」

私は、口元に手を当てて考え込んだ。

「今の火星のイメージは荒涼としているけど、このイメージ自体変えていけるってことですね」

「その通りです。Rさんの居場所は、Rさんが居心地の良いように作り替えていけばいいのだと思います。地球は、その素材を集めるのにちょうどいい星だと思います」

確かに、地球にはおいしいものや美しいもの、楽しいものがいくつもある。そして、大事な人とのたくさんの思い出も。

「どんどん盗めばいいと思います。そうすればますます、Rさんの星は豊かなものになるはずです」

楽しそうに本田さんは言う。

「Rさんにとって『書く』とはそういうことなのではないですか？」

カウンセリングが終わった後、久しぶりに親しい友人と会ってお茶をした。

やっぱり彼女も私のことを「変わった」と言い、どこがと聞くと「前のあなたは、生きるか死ぬかの両極端だった」と教えてくれた。
「いつもギリギリのところにいるようで緊張感が漂っていたけど、今はちょっと力が抜けている気がするね」

もしかしたら力が抜けたのは、「生きる」でも「死ぬ」でもない領域を見つけたからかもしれない。

この地球でうまくいかないのなら、ここからいなくなるしかないのだと思っていたけれど、一旦火星に帰ればいいのだと気がついた。そして、よりこの火星の居心地が良くなるように、せっせと星作りをしたらいいのだと。地球の美しいもの、良いものを持ち帰り、自分の星をより豊かにするために。

そんな火星に帰っている間、私は「生きている」でも「死んでいる」でもない。

ただ、地球から少しの間不在となる。そして、ひとりぼっちで星を耕す。あらゆる関係性、あらゆるしがらみから自由になった場所で、地球から持ち帰った「良いもの」を植えるのだ。

星作りに、終わりはない。私の命がある限り。

そんな場所があるという事実は、私をこれまでにないほど安心させてくれる。

ご紹介する本

武田百合子『富士日記』(中央公論社、1997年)

武田百合子さんの文章は恐ろしい。透明で尖ったガラスのかけらのようだと思う。飾り気がないのに美しく、うっかりすると指の先を怪我するような。『富士日記』は、夫の武田泰淳や娘の花と富士山麓の別荘で過ごす日々を描いた日記。彼女は「朝ひる夜」と食べたものを記録しているが、それを眺めていると、人は死ぬまでただ食べて動き感じるのみなのだな、と思う。決して複雑ではないが、いつも新しく美しい。

「ズボンと靴を拭いているうちに、私はズボンにつかまって泣いた。泣いたら、朝ごはんを吐いてしまったので、また、そのげろも拭いた」

これは、朝方冷たくあしらってしまった夫が、死ぬのではないかと思うくらい危険な目に遭った時の日記。この日彼女は、献立を書いていない。食べられなかったのか、書くのを忘れていたのか。でも、また次の日からはなんでもないように別の一日が始まる。その粛々とした時間と文章の流れに、私はいつも心が洗われるような気持ちになる。

第11章

「生きている限り、人と人は必ず何かしらの形で別れます」

本田さんとのカウンセリングは、二週間に一度の頻度で続いた。セッションが終わるたび、「次回はいつにしましょうか」とスケジュールをすり合わせ、予約を入れる。それをずっと繰り返した。

手帳に「10：00　本田さん」と書き込むと、この日まではとりあえず生きていようと思う。この二週間にあったことを、本田さんに言葉にして伝える。自分にはそんな仕事があるのだと思うと、少々辛いことがあっても乗り越えられそうな気がした。

それは、幼い頃に「自分は火星から来たスパイなのだ」と思い込み、一日にあったことを日記帳に書いてレポートをしていた時の気持ちと少し似ていた。自分には、レポートを待ってくれている人がいる。そう思うことは私にとって、とても心強いことだった。自分はここにいてもいいのだと言われているようで。

そんなふうにセッションを繰り返すうち、二年が経とうとしていた。

本田さんには、本当にいろんなことを打ち明けた。恥ずかしいことも、愚かしいことも、思い出したくないことも。誰にも話したことがないことも、どこにも書いたことがないことも、彼女にはいくつ伝えたかしれない。

親しい人、身近な人だからこそ言えないことは、たくさんある。私の抱える記憶や感情が、大事な人を傷つけるかもしれないことはもちろん、それを大事な人に否定されるかもしれないことも恐れていた。

だからこそ、なんのしがらみもない、共通の友人もいない、本名すら知らなくていい間柄を私は求めたのだ。「自分とは関係ない人だからこそ、なんでも話せる」、そう思って。

「話す」ことは「放す」ことだと何かの本で読んだことがあるが、これまで自分一人で抱え込んでいたものを他人に話すことで、実際とても心が軽くなっていき、手放すことができていったように思う。

とはいえ、もちろん最初は怖かったし緊張もしていた。こんなことを話したら否定されるのでは、困らせるのでは、と危惧していたし、それで自分が傷つくのも億劫だった。

だけど、本田さんはそんなことは決してしなかった。嫌な顔もしないし、責めるようなことも言わない。

「なんでも話していいんだ」

回数を重ねるうちに、私は体感的にそう理解し始め、ゆっくりと心を開いていった。

そして、何度も勇気を出して話し、それを受け止めてもらえる経験を重ねることでしか得られない信頼感を、いつしか私は本田さんに抱くようになっていた。

「この人は私を裏切らない」「この人は私を責めない」

その認識は、日に日に私の中で育っていく。

本田さんはいつの間にか、私にとってなくてはならない存在になっていた。

だけど、私はそんな自分の心の変化に、ほとんど気づいていなかった。

二週間経てば話をして、また二週間後の約束をする。そんな日々がずっと続くのだと思い込んで、私の中で本田さんがどんな存在なのかを省みることがなかったからだ。子供が、いつもそばにいるものだと思い込んでいる親のことを、どんな存在なのか考えることがないように。

私にとって本田さんがとても大きい存在になっていることに気がついたのは、彼女がいなくなることがわかった時のことだ。

その事実を本田さんの口から聞いた時、「えっ?」と一瞬、パソコンの前で固まった。

本田さんは液晶画面の中で、少し申し訳なさそうな顔をしていた。

それは、三月のある日のことだった。

その日のセッションでどんなことを話していたのかは、あまり覚えていない。いつもならカウンセリングの記録を残すのだが、この日だけは残していなかった。

多分、普段通りこの二週間にあったことを話して、自分がどんな感情になってどんな思考をしたのかを、本田さんに話していたのだろう。

終わりの時間が差し迫った時、本田さんが、

「お伝えしたいことがあるんです」

と言った。

私はその時、すっかり油断していた。伝えたいことなんて、別にそんなに大したことじゃないと思っていたのだ。料金が変わるとか、時間帯が変わるとか、そんなことだろうと。

でも本田さんは、

「五月から、オンラインでのカウンセリングをお休みしたいと思っているんです」

と言った。

「えっ？」

と、私は言う。それはつまり、どういう意味だろう。よく意味がわからなくて、画面に映る

私は、ぽかんとした顔をしていた。

本田さんが言うには、こういうことだった。

個人的な事情により、五月あたりから環境が変わるので、オンラインでのカウンセリング自体ができなくなりそうであること。オンラインでのカウンセリングを再開することになるのは、半年先か、一年先になりそうであること。休止まではあと二か月ほどあるので、今後の私のカウンセリングの代替行動について考えていきたいこと。

個人的な事情とはなんだろう、と思う。

どこかの病院にお勤めされるのだろうか？　別の仕事に就職されるのだろうか？　オンラインでのカウンセリングの再開の目処がはっきり立っていないのはなぜなのだろうか？

そんないろんな疑問が湧いてきたが、なぜだかうまく質問できなかった。本田さんの個人的な部分に立ち入るのは、やってはいけないことのように思ったのだ。

いまだに私は彼女の年齢も、住んでいる場所も、普段どんなふうに仕事をしているのかも、未婚なのか既婚なのかも一切知らない。興味がないのではなく、なんとなく聞けないでいるのだ。この時もいろいろと聞き出したかったが、私にとって必要な情報は本田さんが自分から言ってくれるだろうと思って黙っていた。逆に言えば、それ以外のことは聞かないでいるべきだと。

私は、

「そうなんですか」

と言った。でもそれは、自分の中からの声ではなく、離れた場所から聞こえる声のようだった。

「教えてくださってありがとうございます。本田さんにもいろいろあるでしょうし、そういうこともありますよね」

物わかりのいい調子で、私は続ける。「春は変化の季節ですしね」とにこやかに。

だけど本当は、声が震えないようにするのに必死だった。

「どうしてそんなこと言うの」

そんな言葉が湧き上がってくるのを、なんとか抑え込んでいた。

「ゴールデンウィークって、昔から苦手なんです」

以前、本田さんにそんなふうに伝えたことがある。それなのに、どうして五月にいなくなるなんて言うのだろうか。それで私が大丈夫だと思っているのだろうか。

だけどそんな気持ちとは裏腹に、パソコンに向かう私は大人のような顔で喋っていた。

「私の希望としては、本田さんにこれからもカウンセリングをしていただきたいと思っています。頻度が落ちても構わないし、どんな方法でもいいので」

すると本田さんは、「ありがとうございます。本当に、それが一番いいと思うのですが」と言って、少し困ったような顔をした。私はすぐに、自分の希望は通らないのだと気づき、「もしそれが無理なら」と切り返した。

「もしそれが無理なら、本田さんのおっしゃる通り、他の案を一緒に考えていただきたいです。本田さんが再開されるまで、その代替案でしのぐので」

私は明るい調子でそう言いつつも、早くＺｏｏｍを切りたい思いでいっぱいだった。他の案？　代替案？　そんなものあるわけがない。心の中で湧き上がっている怒りのようなものを、本田さんにぶつけたくなくて必死だった。

本田さんは、

「ご理解くださってありがとうございます」

と微笑んだ。

私は絶望的な気持ちになりながら、本田さんに微笑み返した。

本田さんがいなくなる。

そんなこと、考えたことがなかったなぁと思う。なんとなく、いなくなるのは私の方だと思っていた。数年カウンセリングを続けるうちに、二週間に一度から月に一度、二か月に一度と頻度が落ちていき、最終的には私の方から「卒業」するものだと。

それまではずっとそばにいてくれるものだ、と思い込んでしまっていたことに気がつく。完全に油断をしていた。いなくなる可能性を考えていなかった。彼女との今後の関係性を信じ切ってしまっていたことを、少し後悔した。

その日は、カウンセリングの後も、仕事をしたり家事をしたりと忙しく過ごしていた。心のすみで本田さんがいなくなることについて考えつつも、帰ってきた家族に夕食を出したり、お風呂に入ったりして、日常生活のあれこれを終わらせることで気を紛らわせていた。

だけど夜ベッドに入って、日課である日記をつけていると、急に涙が出てきた。

「裏切られた」

自分の中からそんな言葉が出てきて、戸惑う。「裏切られた」は言い過ぎだろうと、自分でも思う。

これまでだったら、その言葉を即座に撤回していたかもしれない。だけど、二年間カウンセリングを続けてきた私は、自分の感情を抑え込まないことの大切さを学んでいた。自分の感情を素直に吐き出して、否定するでも肯定するでもなく、ただ寄り添えばいい。それを「マザーリング」だと言って教えてくれたのは、本田さんなのだ。

私は、日記に自分の感情を書きつけた。

「なんでいなくなっても大丈夫だって思うんだろう」

「なんでこの時間がなくなっても私が平気だって思うんだろう」

「なんでも話してきたのに、なんで突然いなくなるんだろう」

「ひどい」

「またゼロからやり直さなくちゃいけない」

「結局いなくなってしまうなら、信じなければよかった」

言葉と一緒に、涙がどんどん溢れ出る。「ああ、明日は取材なのになぁ」と思う。目が腫れちゃうじゃん、と。でも、もう諦めることにした。今優先すべきなのは、自分のこの感情を出し切ってしまうことだと思ったから。

「本田さんには、本田さんの都合がある」

そんなことは、頭ではよくわかっている。裏切りでもなんでもないことも、本田さんだって好きでいなくなるわけではないことも。だから、本田さんを責めてはいけない。

でも、自分の中のこの感情をないことにするのも、同じくらいいけないことだと思った。幼い頃、長い間感情を無視してしまったことを、今また繰り返してしまってはいけない。

そんなふうに考えると、日記に書かれた私の言葉は、昔の自分が書いたもののようにも思えてきた。私はそれを、もう一度読み返す。

「どうしてお母さんはいつもいなくなるの。なんで聞いてくれないの。どうして私が平気だって思うの。結局いなくなってしまうなら、信じなければよかった」

だからこそ、せめて私だけは、私の前からいなくなってはいけない。

泣いている私のそばに、ずっといなくてはいけない。

「自分で自分の『お母さん』になれたらいいですね」

そう言ってくれたのは、本田さんだった。

彼女はいなくなってしまうけど、私はいなくならない。だから、大丈夫。私には私がいるのだから。そう思えるようになったのは、やっぱり本田さんのおかげだな、と思う。

泣き疲れるまで泣き続けると、気持ちが落ち着いて眠たくなってきた。マザーリング、成功だ。やっぱり、このカウンセリングには意味があったんだ。

また次回のカウンセリングで、この話を本田さんにしよう。

そう思いながら、眠りに落ちた。


次のカウンセリングの日、私は朝から憂鬱だった。

本田さんに、正直な気持ちを話そうと思うものの、心が閉じてしまっているのを感じる。

「どうせいなくなるのなら、今さら何を話したって無駄」

自分の一部が頑(かたく)なになり、何も話すことなんてない、という気持ちになってしまっている。

私は「やだなぁ」とパソコンの前でつぶやいた。「話すことなんて、何もないのに」と。でも、本当はある。あるのに、言いたくないだけなのだ。不貞腐れて、怒りを感じているから。その怒りを本田さんにぶつけてしまうのが怖いから。

それでも時間が来れば、Zoomを開くしかない。逃げたって、黙っていたって、何が変わるわけでもないからだ。

私は、私の「お母さん」にならなくては。

そう思い、本田さんに「こんにちは」と声をかけた。隣に、幼い頃の自分を座らせているような感覚で。今日はこの子の気持ちを代弁してあげたらいい。それだけで十分なのだと思う。

最初は本田さんと、昨日起きた地震について話した。

「東北では大きく揺れたようですが、Rさんのお宅はいかがでしたか?」

「夜に少し揺れましたが、大丈夫でした。本田さんはどうでしたか?」

「うちも結構揺れましたね。寝ようかな、と思ったら大きく揺れて……」

「そうですか、でも無事で何よりです」

「ありがとうございます、Rさんの方こそ」

いつもと変わらない本田さんの様子に、ほっとする。でもそれと同時に、少し苛立ちも感じた。

「どうして普通の顔をしているの」「なんで関係ない話をするの」と、幼い自分が怒り始めている。私は、その怒りが大きくなりすぎて自分を呑み込む前に、話を切り出すことにした。

「あの、前回の、今後のカウンセリングのお話なんですけどね」

本田さんは「はい」と答える。

「代替案を考えていただく前に、話しておかないといけないことがあるんです」

そう言うと、本田さんが少し姿勢を正して「はい」ともう一度言った。

「本田さんには本田さんの事情があるのはわかっています。カウンセリングが続けられなくなる可能性だって、最初からあったこともわかっています。私としては前回話した通り、本田さんとできるならまだ続けたい。でも無理ならば、一緒に代替案を考えてほしい。そんなふうに、建設的な話ができたらいいなと思っているんです」

「はい」

「ただ、それとはまた別に、私の感情についても話させてください」

本田さんは「もちろんです」と言って、黙って私の言葉の続きを待った。私はドキドキしながら口を開いた。

「本田さんから話を聞いた時、本当はすごくショックでした」

そう言った瞬間、私の目から涙が流れ出す。ああ、泣いちゃったな。そう思いながらも、私は言葉を続けた。

「なんでいなくなっちゃうんだろう、なんでそれで私が平気だって思うんだろうって、すごく悲しかったし、正直なところ、怒りや恨みのようなものも感じたんです」

話しながら、恥ずかしくなった。大の大人が何を泣きながら駄々をこねているんだろうと、画面に映る自分の顔から目を逸らしたくなった。

でも、そうしなくてはいけないのだと思いながら続ける。ここで、ちゃんと自分の感情について話しておかないといけない。本田さんに伝えないといけない。そうしないと、私はまた自分の中にしこりを残してしまうと、直感でわかっていた。

「頭では、十分わかっています。でも、心ではそんなふうに、まだ納得がいっていないんです。だからと言って、本田さんを責めているわけでも、どうにかしてほしいわけでもありません。ただ、そんな感情が私の中にあるんだと、自分でちゃんと認識できたということを、本田さんに伝えたくて」

本田さんはまた「はい」と答える。私は、涙を流し続けながら言葉を重ねた。

「前回のカウンセリングでは、突然のことだったので、大人ぶった対応をして乗り切りました。でもその夜に、ちゃんと自分の感情に寄り添って、マザーリングをしたんです。そうしたら、本田さんに言いたいことが、たくさんありました。『いなくならないでほしい』『ひとりになるのは不安だ』『私は大丈夫じゃないのに』……」

そこまで言って、私は嗚咽した。身体中に寂しさと悲しさが広がって、全身で泣いているようだった。人の前でこんなに泣いたのも、いつぶりだろう。どうしてそんな、自分にとって特別な人が、私の前からいなくなってしまうんだろう。そう思っていることも、自分でちゃんと認識できていた。よかった、まだ私は呑み込まれていない。ちゃんと、理性的に感情を受け止められている。

「そうですよね」

と、本田さんは言う。

「急にいなくなるなんて、動揺されますよね。怒りや恨みのようなものを感じられるのも、無理はないと思います。私はRさんが大丈夫だなんて、思っていないんです。私の都合の問題なので、申し訳ないなって」

私は本田さんの話を聞きながら、涙を拭った。そして、

「でも、私、本田さんと二年間カウンセリングができて良かったって、本当に思っているんですよ」

と言った。その自分の言葉に、ますます別れの寂しさを感じつつも、こう続ける。

「私、自分の感情を自分で受け止められるようになってきていると思います。『本田さんには本田さんの都合があるのだから仕方ない』と頭でわかりつつも、心の声にもちゃんと耳を傾け

られました。今日だって、本当は逃げてしまいたかったけれど、ちゃんと自分の『お母さん』として、自分の感情を言葉にできたと思うんです」

本田さんは、「はい」とうなずく。真剣な顔で。

「これって全部、本田さんが教えてくださったことだから。本田さんには、とても感謝しているんです」

そう言い切った時、私の心がすっと軽くなったのを感じた。

感じたいことはすべて感じ切り、言葉にしたいことはすべて言葉にした。そんなふうに、幼い私が満足したのだと思う。

「そう言っていただけて、嬉しいです」

本田さんが微笑み、私も微笑み返す。今度は、心からの笑顔で。

「終わる、ってどういうことなんでしょうね」

本田さんが、ぽつりとそう言った。

「カウンセリングが終わるって、どういうことなのでしょうね」と。

「私はいなくなるけれど、Rさんの中には『お母さん』が残っている。それって、すごいことだなぁと思うんです」

はい、と私は返事をした。本田さんは少しだけ沈黙して、それからこんなことを言った。

「終わるとはどういうことなのかを、残りのカウンセリングで考えてみませんか」

「終わるとはどういうことか？」

本田さんはうなずく。

「生きている限り、人と人は必ず何かしらの形で別れます。今回の私とRさんが迎えるのもまた、一つの別れです。でも、目の前からいなくなったらその関係性は終わりなのでしょうか。そもそも関係性の終わりとはどういうことなのでしょうか」

私は、本田さんの言っていることをじっと聞いた。それは、私の知りたいことでもあった。本田さんのカウンセリングの代替案なんて、いらないのだ。だって、そんなものはないのだから。本田さんの代わりになるものなんてない。

それより私は、本田さんとの関係性の終わりを見届けたい。それがどういう意味を持つのか、二人で言語化していきたい。そう強く思った。

本田さんは、私の目を見てこう言った。

「そんなことを、これから話していきませんか。私はそれが、Rさんのこれからの支えになると思うんです」

私は「ぜひ」とうなずく。

「はい、よろしくお願いします」

二年間続けてきたカウンセリングの最後のテーマが決まった瞬間だった。

これから私たちは終わりに向かって、「終わり」について話していく。

ご紹介する本

笹井宏之『八月のフルート奏者』（書肆侃侃房、2013年）

短歌は文字通り「短い歌」だ。五七五七七のリズムで詠む以外には決まりがなく、一行で完結する小さな作品。長い文章が読めない時には、よく歌集を手に取って、ページをパラパラとめくる。時々その中に、ふわっと連れ去られるような短歌に出会うことがある。その瞬間、ここではない違う場所にいるような。そんな体験が圧倒的に多いのが、笹井さんの歌集だ。

この雨をのみほせば逢へるでせうか　川の向かうで機織るきみに

「いだきあふ、ひとつになれぬゆゑ」といふ歌曲をおもひつつ服を着る

君といふ空間にふと立ち入れば雲ひとつなき夕ぞらにあふ

優れた短歌からは「世界が立ち上がる」のだそうだ。笹井さんの歌を読んで、なるほど、こういうことか、と知った。誰かを思い、触れ合えども混ざらない、清潔なひとりの世界。

第12章 「書いて、読むことで、私たちは何度でも出会えます」

もうすぐ、本田さんがいなくなる。

カウンセリングでその事実について話し合って以降、時々、ふとした瞬間にその事実が頭に浮かんだ。洗濯物を干している時とか、仕事をしようとパソコンを立ち上げた時とか、夜ベッドに入った時とか。

その度に「そうか、いなくなるのか」と思うのだけど、その先のことを想像しようとするとよくわからなくなってくる。本田さんがいなくなったら、私はどうすればいいんだろう。

二年前、カウンセリングを始める前までは、本田さんは私の生活にいなかった。だから、その時の状態に戻るだけなのだけど、私は「その時の状態に戻る」のがとても怖い。また毎日のように「死にたい」と感じ、それでパニックに陥る自分に戻ってしまうことが。

本田さんがいなくなったら、またそうなるかもしれないと思うと、急に足元が崩れ落ちてしまうような不安と恐怖に襲われ、たじろいだ。どうしよう、と思う。本田さんがいなくなったらどうしよう。ただぐるぐると、同じことを考え続けた。

「終わるとはどういうことなのかを、残りのカウンセリングで考えてみませんか」

前回のカウンセリングで、本田さんはそう言った。

「目の前からいなくなったらその関係性は終わりなのでしょうか。そもそも関係性の終わりとはどういうことなのでしょうか」

いなくなる、ってどういうことなのだろう。

終わる、ってどういうことなのだろう。

本田さんの言葉を思い出して、何度か考えを進めようとしつつも、足元がおぼつかずうまく考えられない。一人では無理だ、と思う。

その度、私は涙を流した。無理だ。まだいなくならないでほしい。

いつの間に私はこんなに軟弱になってしまったのだろう。カウンセリングを受けることで、私は逆に弱くなってしまったのだろうか。強くなりたくて、一人でもちゃんと生きられるようになりたくて、カウンセリングを始めたのに。私は本田さんに依存しているだけじゃないのか。

そんなふうに自分を責めた。いったいこの二年はなんだったんだろう。

一人になるのが怖い。本田さんがいなくなるのが怖い。

カウンセリングは、あと二回だ。


次のカウンセリングが始まる時、Zoomのリンクを押すのが嫌だった。押せば確実に終わりに近づくのに、自分だけそれについていけない。でも、ちゃんと話さなくちゃ。そう思い、渋々とリンクを押す。

画面に本田さんの顔が映って、私は思わず視線を逸らした。なんだかすでに遠くにいるように見える。よそよそしい、まるで赤の他人のような。

「『終わること』について考えていきましょうか、と前回のカウンセリングでは話しましたが……」

本田さんがそう言い淀み、少し黙る。なんだか言いにくそうな顔で。

そんな本田さんの顔の横に、無表情の自分が映っている。その時、「あっ」と思った。よそよそしくしているのは私なんだと気がついた。赤の他人のように距離を取ろうとしているのは、私なのだ。

本田さんは向き合おうとしてくれているのに、私は逃げようとしている。本田さんは関係性をまだ構築しようとしているのに、私は関係性が終わるのだと思い込んでいる。

よくわからなくてもいい。自信がなくても、怖くても不安でもいい。正直な気持ちを、全部ここで話してしまおう。これまで私がカウンセリングでしてきたように。

私はこの人のことを信じなくてはいけない。そうでなければ、ちゃんと終わることなんてできない。

「私、『終わること』がまだよくわかっていません。まだ受け入れられていないと思うし、本田さんがいなくなるのが怖いんです」

それでそう言った。正直に思っていることを、そのまま。

「本田さんがいなくなったら、私また毎日のように『死にたい』って思っちゃうかもしれません。そうなったら誰に話をすればいいのかわからない。一人で耐えられる気がしない。一人になるのが、ものすごく怖いんです」

声が震える。本音を言うのは怖い。「どうせいなくなるのに」「言っても無駄」「わかってもらえない」そんな声が自分の中で湧き上がってきて、さらけ出すことに不安になる。

ああ、私はまだ心の奥では、この人を信じられていなかったんだとまざまざと感じた。依存はしているけれど、信じてはいない。

「終わったら、終わるんだと思ってしまいます。それ以外に、想像できない」

お手上げだった。もう考えられない。その先のことを、私は知らない。

すると本田さんは、

「そうですよね」

と言った。「思っていることをちゃんと話してくださって、ありがとうございます」と。

そして、少し間を置いてから、

「でも、カウンセリングが終わっても、私はRさんから離れていかないし、いなくなるわけでもありません」

と、はっきりとした口調で言った。


離れていくし、いなくなるじゃない。

そんな顔をしているのがわかったのだと思う。

本田さんは突然、

「いないいないばあって、あるじゃないですか」

と言い出した。意外な言葉に、えっ、と私は言う。

「顔を隠して、ばあっと顔を出す遊びです」

「あ、はい。ありますね」

「赤ちゃんは、いないいないばあをすると喜びますよね。でも、ある程度年齢を重ねると、特におもしろいと感じなくなる。それってどうしてなのか、ご存じですか？」

私はまた首を傾げる。そんなこと、考えたこともなかった。

「とても簡単に言うと、赤ちゃんは『見えないものは、ない』と捉えています。例えば同じ部屋にお母さんがいたとしても、衝立やカーテンなどで姿が見えなくなったら、いなくなったものと考えて泣き始めるんです」

「はい」

「何かで覆われて見えなくなると『いなくなった』と捉える。これを分離不安と言います」

「分離不安？」

「はい。幼い子供は母親と自分を同一視しているので、母親がいなくなるととても不安になります」

思い返してみれば、自分の息子たちにもそんな時期があった。私がトイレや台所に行くと、リビングで泣いて私を呼ぶような時が。私は、本田さんの話の続きを待つ。

「その発育段階で行われるいないいないばあは、とてもおもしろい遊びになります。手で隠されてなくなったものが、急にまた現れることへの驚きと期待。それが大好きなお母さんの顔なら、いっそう嬉しく、楽しい遊びになるんですね」

へえ、と私は言う。本田さんは話を続けた。

「だけど、子供は歳を重ねるごとに、『見えなくても、そこにいる』ということを覚えていきます。お母さんの姿が見えなくなっても近くにいるのだということを、ちゃんと理解していくんです。何かで覆われて見えなくても、恒常的にそこに『ある』。これを理解し始めると、いないいないばあという遊びから次第に卒業していきます」

本田さんは一息置いて、

「つまり、『お母さんの内在化』がここで起こっているんです」

と言った。

「お母さんは、見えなくってもここにいる。そのように感じることで、子供は母親と離れても不安になることなく、安心して一人で遊べるようになります。その時母親という存在は子供にとって、『自分と同一のもの』から『探索基地』的な存在になります」

「探索基地？」

「はい。自分にとっての帰る場所となる、基地的な存在です。離れても大丈夫、いなくなるわけではないのだという安心感。それがあって初めて、子供は母親から離れて出かけられるようになるわけです」

私はその話を聞きながら、ずっと前に自分がカウンセリングで話した、

「いつかみんないなくなる」

という言葉を思い出した。みんないつか私の前からいなくなってしまうように感じるのだ、と。目の前から消えたら、いないも同然のように感じる。それが寂しく、不安でたまらない。『お母さん』が欲しい」ずっとそう思ってきた。私の元から絶対にいなくならない「お母さん」が欲しい。お母さんが見えなくなって泣いている赤ちゃんは、私かもしれない。

カウンセリングを続ける中で、自分が自分の「お母さん」になればいいと思っていた。でも、もしかしたらそれ以外にも必要なことがあるのかもしれない。人と関わる上で、とても大切なことが。

「他者の内在化……」

思わずそうつぶやくと、本田さんは、

「これは、Rさんにとって大きなテーマだと思います」

と答えた。

「カウンセリングも同じなんです」

本田さんは続ける。

「時間が終わったら『終わり』じゃありません。その人の中で、次のカウンセリングまで、ずっと続いていくものです。Rさんと私も、二週間に四十五分しか話してきませんでしたが、それ以外の時間でも、ここで話したことは深まっていきませんでしたか？」

そう言われて、私はこれまでを振り返ってみる。確かにその通りだ。カウンセリングで話した内容を、それ以降の生活で何度も振り返り、「ああ、あれはこういうことだったのかな」とか「こういう時にも同じことを感じるな」と考えて、「次のカウンセリングでまた話そう」と思っていた。

「カウンセリングで得た気づきを、日常生活に活かす。そうしている間は、カウンセリング以外の時間であっても、ずっとカウンセリングが起こり続け、深まり続けているんです」

「本田さんと話したことを反芻するだけでも？」

「はい。その間、私はRさんとの間で対話をし続けていることになります」

「目の前にいなくても」

「そう。目の前にいなくても」

私は、ちょっと黙って考え込んだ。

「本田さんとのカウンセリングが終わっても、カウンセリングはこれからも私の中で起こり続ける、ということですか」

すると本田さんは「はい」と力強くうなずいた。

「私自身がいなくなっても、Rさんの中で続いていきます。目の前からいなくなっても、私はいなくなりません。これまでがそうだったように」

本田さんと出会ってから、私の中に確実に変化が起きた。その変化は、本田さんがいなくなったら元に戻るのかと思っていたけれど、そうではないという。

本田さんとのカウンセリングの時間を思い出し続ける限り、消えない。むしろ深まっていくのだと。

「他者の内在化、ってそういうことですか」

なんとなく掴めかけたような気がしてそう言った。本田さんはまたうなずく。

「『お守り』のようなイメージが近いかもしれません」

「お守り?」

「目の前にはいないけれど、心の中にはいる。事実として一人でいる時でも、そのイメージがあれば、少し安心していられませんか?」

その瞬間、胸の一部が少し温かくなったような気がした。それは、本田さんと出会ってから、補強された部分だったように思う。

彼女がいなくなっても、この部分はなくならないのかもしれない。

私がその部分を認識し続ける限り。私が本田さんとの対話を思い出し続ける限り。

「もしかしたら、他にもそんな人がいるかもしれないですね。私の中で『お守り』のようになってくれる人たち」

私はそう言った。

両親。友達。恋人。恩師。家族。会ったこともないけれど、作品を通して知っている人。生まれてからこれまでの間、確実に私に変化を残してくれた人たち。そうつぶやくと、本田さんは微笑んで言った。

「お守りは、いくつ持っていてもいいものです。これからRさんの中に、お守りを増やしていけるといいですよね」

そうしたら、私は安心して一人でいられるかもしれない。

一人だけど独りじゃないのだとちゃんとわかっている、安心した子供のように。

人を信じるって、そういうことなのかもしれない。

最後のカウンセリングの日がやってきた。

本田さんの顔が液晶画面に映った時、

「ああ、もうこれで最後なんだな」

と思った。

挨拶が済むと本田さんは弱々しく笑い、

「今日で最後ですね」

と、私が思ったのと同じことを言った。そして、「なんだか寂しいですね」と。

その言葉が、なんだか意外だった。寂しいのは私だけだと思っていたから。

なんだ、本田さんも寂しいのか。

そう思うと、ちょっと心が軽くなる気がした。まるで寂しい気持ちを、二人で分かち合えたような。

「今後、カウンセリングをどのようにされるか、もう決められましたか？　新しいカウンセラーさんを探したりとか、されているんでしょうか」

「いえ、まだです。まずは『終わること』について、ちゃんと考えることができてからにしようかと思っていたので」

すると本田さんは「そうですよね」と言った。

「もしよろしければ、私が信頼しているカウンセラーさんをご紹介することもできるので、おっしゃってください」

私は「ありがとうございます」と言う。まだ、次にどうするか決めていないけれど、それもいいなと思う。

「『終わること』とはどういうことなのかを一緒に考えましょう、って言ってもらえた時、私、嬉しかったんです」

そう言うと、本田さんが顔を上げた。

「ちゃんと、私と本田さんのカウンセリングが『終わること』について、二人で話そうと言ってもらえたのは本当に良かった。もしそれができないままだったら、私はきっと、本田さんの代わりを求めていたような気がします。他のカウンセラーさんに」

本田さんとちゃんと終わることができないと、他の人とちゃんと始めることができない。本田さんが与え続けてくれなかったもの、カウンセリングの続き、そのフォローを、他の人に求めてしまうからだ。

「そんなふうに始められる関係性は、本田さんとの関係性の代替にすらならない、ただの劣化コピーだと思うんです」

「ああ、なるほど……」

本田さんが、何度かうなずく。

「本田さんの代わりはいません。私も本田さんも唯一無二の存在なので」

「はい」

「でも、だからって、本田さんとの関係性が絶対的だということではない。お守りが一つでなくちゃいけないわけではないように」

本田さんはまたうなずく。

「本田さんというお守りは消えないし、私の中に残り続ける。『終わること』について話すことによって、そのことに気づくことができました。それができてようやく、違うカウンセラーさんとも新しく始められるような気がします」

「……なるほど」と本田さんが言った。「そこまで考えられていませんでした」と。

「ちゃんと終わらないと、ちゃんと始められない。その通りですね。『終わること』について考えることには、そういう作用もあるんですね」

なんだか、今日の本田さんはいつもと違うな、と思う。なんだろう、いつもよりもずっと、素直で正直っていうか。カウンセラーというより、どこか友人のように見える。

私は、本田さんとの関係性が少しずつ変化しているのを感じた。でも、それは悲しいことではなかった。胸の内はまだ温かい。

「私たちの中でできたことは、他の人ともできると思います」

本田さんがそう言う。

「Rさんの言う通り、私たちはお互いに唯一無二の存在ではあるけれど、その関係性は絶対的じゃない。お守りのような関係性は、他の人とも築けると思います」

私はうなずく。液晶画面に映った自分の顔が、とても落ち着いていることに気がつく。なんだか、今日の私もいつもと違う。変わっているのは、本田さんだけじゃなくて、私もなのかもしれない。

少し寂しいけれど、大丈夫。だって、本田さんは私の中からいなくならない。

そのことに気がつけたから。

多分私は、本田さんのことを信じ始めている。

「でも、私また忘れてしまうかもしれません」

残り時間を見ながら、少し心細くなってそう言った。これで最後だ。あと数十分しかない。

「今はなんとなく、いなくなってもいなくならないのだということがわかるような気がするけれど、やっぱり『いない』って思ってしまうかもしれない。そしてまた『死にたい』と思ってしまうかもしれない。だって私は、ずっとそんなふうに思って生きてきたし」

言いながら、ちょっと泣いた。私は涙を拭う。泣いたっていい。本当の気持ちなのだから。

すると本田さんは、

「そういう時はカウンセリングで話したことを振り返ってみてください。不安になったり、心細くなったら何度でも。Rさんは、ちゃんと書き残しているでしょう?」

と言った。私はうなずきながら、手元のノートに目をやる。カウンセリングのメモは、全部ノートに書き残してある。

「振り返ることで、何度も思い出すことができます。私たちはRさんの中で何度も出会い、対話することができます。そして、そこで感じたことをまた書いてください。私に報告するように」

本田さんの声を聞きながら、ノートを開いた。これまで得てきた視点や気づき、やってみたこと。過去の私が記し続けた、走り書きのようなボールペンの文字。それを見ている、今の私。

「書くことで、Rさんはひとりじゃなくなります」

そう言われて、私は顔を上げる。

そして「そうか」と腑に落ちた。だから私は、子供の頃からずっと書き続けていたんだ。

「私、前に『死にたい』の代替語は『帰りたい』だって、話したことがありますよね」

「はい、ありましたね」

「火星に帰りたいんだって。そこは、私一人の星なんだって」

「はい」

「もしかしたら私はずっと、一人でも安心できる自分になりたかったのかもしれない」

「……」

「一人でも独りじゃないって思える自分に、ずっとなりたかった。書くことで、それを感じようとしていたように思います。火星にレポートを書き続けていた頃からずっと」

そう言うと本田さんはうなずいて、

「書いて、読むことで、私たちは何度でも出会えます。一人でも、独りじゃありません」

と言った。


最後に私は、本田さんに本名を告げた。土門蘭という名前で、文章を書く仕事をしているのだということも。

「土門蘭さん」

本田さんは私の名前を確かめるように呼び、

「そんなお名前だったんですね」

と笑った。

「そうですか。二年続けてきて初めて知ったから。なんだか変な感じですね」

私もなんだか恥ずかしくなり笑う。二人だけの閉じた世界から、少し広い世界で出会い直したような気がした。

「関係性は『終わる』のではなく『変わる』んだと思います」

カウンセリングが終わる直前、本田さんはそんなことを言った。

「『失う』のではなく『豊かになる』んだと思います」

はい、と私は答えた。

「私も、そう思います」

私たちは、次の約束をしないで別れる。

「お元気で」「お体に気をつけて」

そして、

「本当にありがとうございました」

と言いながら。

ふっと画面が消える。私は、部屋に一人になる。

でも、お守りは消えないのだと思う。私がそのお守りを、感じ続ける限りは。

私はノートに向かって、ペンを取った。

さあ、書こう。死ぬまで書こう。これからも生きるために。

土門蘭『戦争と五人の女』（京都文鳥社、2019年）

これは私が書いた初めての長編小説。朝鮮戦争が終わる直前の一か月に起こる、広島県呉市朝日町の女たちの物語。書いている間は、火星で一人でリアルな夢を見ていた気がする。ボロボロになって地球に戻ってきたら、読んで感想をくれる人がいて、それがとても嬉しかった。「書くことで、Rさんはひとりじゃなくなります」その言葉は本当なのだと思う。

最終章　「お守り」を感じながら生きていく

最後のカウンセリングから、半年ほど経った。

いまだに時々「死にたい」という気持ちになるけれど、死なずにちゃんと生きている。

カウンセリングが終わった後、本田さんから約束通り、推薦するカウンセラーさん数名のお名前の書かれたメッセージが届いた。「ありがとうございます。どなたかに連絡をしてみます」とお礼を返したものの、すぐには新しくカウンセリングを受ける気になれず、誰にも連絡しなかった。本田さんとのやりとりも、そこで終了している。

いつもなら二週間後に入る予定のカウンセリングが、今後は入らない。

手帳の空欄を見るのは心許ないことだったし、また毎日のように「死にたい」と思うようになったらどうしようと不安でもあったけれど、誰とも話す気にならないのだから仕方ない。

とりあえず、一人になろうと思った。一人でも大丈夫な自分になろうと。

この先何かが起きても、まずは一人でそれに対峙してみる。新しいカウンセラーさんと関わるのは、それを経験してからでいいと考えた。

カウンセリングという習慣を失ったまま、私の日常は続いていく。

それはまるで、広い海を、小さな舟に乗って進んでいくような感覚だった。自分が動かす櫂で、水をかく音しか聴こえない、静かな海の上のような毎日。


カウンセリングが終わった直後は、まだだいぶしんどかった。

「本田さんとのカウンセリングが終わった」ということを、私は誰にも言わずにいた。私がカウンセリングを受けていることを知っている家族にも友人にも、誰にも言わなかった。というより、言えなかったのだ。

口に出すと泣いてしまいそうだったし、泣かれても相手が困るだろうと思ったからだ。それに、誰にどう励まされても、自分の中の喪失感や不安感がなくなることはなく、むしろ増幅するのではないかと恐れていた。だから、この喪失感と不安感が時間とともにマシになるまでは、誰にも黙っていようと思っていた。

だけど二週間ほど経った時、「最近、カウンセリングはどう?」と仲の良い友人に尋ねられた。

そろそろ大丈夫だろうかと思い、極めて普通の調子で、「ちょっと事情があって、終わったんだ」と答えた。

すると、答えた瞬間に喉が詰まって涙が出た。友人はギョッとして「大丈夫？」と言う。その時、まだだめなんだとわかった。「終わった」という自分の言葉に、自分でとても傷ついている。「カウンセラーがいなくなるのって、そんなに辛いことなんだね。私はカウンセリングを受けたことがないから、わからないけれど」

友人が、そんなふうに素朴な感想を漏らした。私もそう思う。それで、「自分でもこんなに辛いことだとは思わなかった」と答えた。友達でもない、恋人でもない、会ったこともないカウンセラーがいなくなることが、こんなにもしんどいとは。

「でも、これまでずっと大事な話を聞いてくれていた人がいなくなったんだから、当然だよね」

友人がそう言って、ちょっと悲しそうな顔をしてくれた。その表情を見たら、なんだか急に、心がふっと軽くなった。

大事な話をしていた人が急にいなくなったのだから、こんなに落ち込むのも仕方ない。友人がそうわかろうとしてくれたのが、私はとても嬉しかった。どうせわかってもらえないと、自分が思い込んでしまっていたことに気がつく。

ああ、こんなふうに、本田さんとも始まったよなと思う。

誰にもわかってもらえないと思っていた「死にたい」という気持ちを共有することで、私は少し楽になれたのだった。友人と話していて、そんなことを思い出した。

「まずは『死にたい』と感じてもいいのだと、自分を許してあげてください。その上で、なぜそう感じるのかを一緒に考えていけたらいいなと思うのですが、どうでしょう」

そんなことを、最初のカウンセリングで本田さんは言っていた。その後、私はこんなメモを残したのだ。

「自立は、依存先を増やすこと。希望は、絶望を分かち合うこと」

希望は、絶望を分かち合うこと。それを目の前の友人とできたことが、私は嬉しかった。

カウンセリングが終わってからも続けていたことに、「自己満足リスト」と「マザーリング」、「認知行動療法」がある。どれも本田さんに教わったことだが、これらが習慣づいてから、少しずつ私の考え方や性格が変わっていった。

以前は、休日も家事や仕事などやらなくてはいけないことで埋め尽くしていたけれど、今はなるべくやりたいことをするようにしている。おいしいものを食べたり、観たかった映画を観たり。

新しく、いくつか趣味もできた。香水、お茶、ドライブ。どれも他人の評価が介入しない、私だけの純粋な趣味で、その時間を過ごすだけで自分が回復するのがわかる。本田さんに話したら、「それはいいですね」と言ってくれるだろうか、と時々考える。

相変わらず、今も幸せを感じそうになると怖くなるけれど、「そういうものだから仕方ない」と思えるようになった。「幸せになるのが怖いのは、失うのが怖いからだ」。そうわかっているので、自分の感情も特に不思議ではないし理解できる。その恐怖を否定せず、マザーリングで寄り添ううちに、少しずつ和らいでくるのを感じる。自分の感情の理由や意味がわかったことは、私にとってとても大きいことだった。

ただ、呑み込まれてしまいそうになるほど強い感情が起こることもあるので、そんな時には認知行動療法をする。スマートフォンのメモアプリを起動して、「感情」「出来事」「自動思考」「反証」「反証後の感情」「行動」について書き込んでいく。

以前はこのプロセスを踏むのがなかなか難しかったけれど、今はもう、かなりスムーズにできるようになった。感情が激しく揺れ動き始めても、無理矢理にでもメモアプリを起動して文章を書き始めたら、数分後には落ち着いていることがわかるので、呑み込まれることなく冷静になれる。自分の感情について、具体的な見通しが立てられるようになったのも、大きな進歩かもしれない。

今でも、「死にたい」という感情に襲われることがある。この間は平日の夕方に、急に感情の雲行きが怪しくなってきたかと思ったら、まるでゲリラ豪雨のように「死にたい」という感情に包まれた。いつものごとく理由がわからないので、どうすることもできない。

そういう時にはやっぱり、カウンセリングで学んだことを何もかも忘れて、ただただ翻弄されてしまう。だけど、

「なんでいつもこんな気持ちになるんだろう」

と心の中で嘆いている時、ふっと本田さんのことを思い出す。

「『死にたい』と思うのは、なぜなんでしょうね？」

そう、何度も話し合った時間のことを。

あの時間は、不思議だった。

地球上での会話なのに、どこか遠くの場所で話しているような感覚だった。

あの時私は、もしかしたら火星にいたのかもしれない。そこで、本田さんという衛星と通信をしていたのかもしれない。

「『死にたい』と思うのは、なぜなんでしょうね？」

発作の最中にその問いが浮かぶと、なんだか私は生きていける気がする。わかったようでまだわかり切っていない、曖昧で複雑な問いの続き。それに対する答えを探すことが、私の生きる意味になる。

その瞬間、意識がふっと火星へと飛ぶ。私はひとりぼっちになり、衛星と通信した記憶を思い返す。すると少しずつ、落ち着いてくる。

カウンセリングが終わっても、カウンセリングは続くのだと、本田さんは言った。

その言葉の意味が、なんだか少しわかった気がする。

最後のカウンセリングがあった春が過ぎて、夏が来た。

ゴールデンウィークから夏休みにかけては、私の一番苦手な季節だ。

その間、発作はこれまでより高頻度で起こるようになった。以前のように毎日「死にたい」とは思わなくなったけれど、「早く死ねたらいいのに」とは常に思うようになっていた。「できるだけ早く死ねたらいいのにな」と。

「死にたい」の時間軸が、「今」から「近い未来」に変わっている。これは今までにない変化で、鬱々と暗く過ごしながらも、ちょっとおもしろいなと思っていた。こんな時本田さんがいたら、この感情の変化について話せるのにな、と。

その時、ふと、「新しくカウンセリングを受けてみようか」という考えが浮かんだ。

なぜそう思ったのかはわからない。いつもより弱っていたからだろうか。それとも新しい問いを見つけたからだろうか。

もしかしたら、自分が変わっていると感じたからかもしれない。本田さんとのカウンセリング以降、自分自身が確実に変化しているのを感じていて、それでちょっとだけ自信がついたからかもしれない。「死にたい」という気持ちを抱えたままではあるけれど、それでも前に進んでいるのだという自信が。

私は、本田さんが最後にくれたメッセージを見返した。そこに書かれている七名の名前を、順にコピーしてオンラインカウンセリングのウェブサイトで検索してみる。

すべて女性で、お顔や年代や経歴こそ違うが、どの人がいいのかよくわからなかった。ただその中でも、なんとなく一人の方に目が止まった。Nさんという方だ。

「カウンセリングのあり方は人によって異なります。ただ一つ、共通しているのは『自分と向き合い続けること』。じっくりとお話をしながら、一緒に答えを探していきたいと思います」

そのように書かれているコメント欄を読んで、この人にしようと決めた。私は、Nさんにカウンセリングの予約を入れた。

初めてのカウンセリングの日、やっぱり私は「R」と名乗って本名は明かさなかったのだけど、カメラはオンにして顔を映して臨んだ。Nさんは本田さんや私よりも年上の女性で、ゆったりと穏やかに話す、温厚そうな方だった。どことなく本田さんと雰囲気が似ている。カウンセラーにはそういう雰囲気の方が多いのか、私がそういう方を選びがちなのか、どちらなのかはわからない。

「初めまして」とお互いに挨拶をする。

最初に、

「今日は、どんな理由でカウンセリングを受けようと思われたか、教えていただけますか？」

と聞かれたので、これまでのことを順に話していった。

十歳の頃から「死にたい」と毎日のように思っていたこと。病院に行ったらうつ病だと診断されたが、どうしても薬を飲めず、その代わりにカウンセリングを始めたこと。二年ほど続けたカウンセラーさんとのカウンセリングが続けられなくなり、Nさんを紹介してもらったこと。

「今は調子はいかがですか？」

と尋ねられたので、

「時々強く『死にたい』と思うけれど、毎日ではありません。最近は少し調子が悪くて、『早く死にたい』とはずっとぼんやり思っていますが、そんなに強く揺さぶられる感じではありません」

と正直に答えた。

画面に映る私は、表情もなく淡々としている。これは私の癖なのだけど、人見知りをしている時にはかなり事務的な対応をしてしまう。笑ったり、世間話をしたりすることができない。冷たい印象になっていないだろうかと少し心配になりかけた頃、Nさんが、

「それはしんどかったですよね。二十年以上も『死にたい』と思い続けるというのは」

と言った。私はちょっと、言葉に詰まる。

「はい。しんどかったですね」

そう答えながら、自分が初めてカウンセリングを受けた日から、少し遠くへ来ていることを自覚した。もう、あの日々は過去になっている。あのループのような日々からちょっとずつ抜け出して、「しんどかった」と過去形で語れるほどにはなっている。私の物語は、螺旋を描きながらも、確実に別の場所へと進んでいるのだなと感じた。

「感情が不安定になった時、いつも気をつけていることはありますか？」

そう聞かれたので、私は「認知行動療法とか、マザーリングとか……」と答えた。

「認知行動療法と、マザーリング」

Nさんが繰り返し、手元のメモを取る。

「前のカウンセラーさんに教わったんです。それをなるべくやるようにしています」

「すると、気持ちが楽になりますか？」

「なりますね。特に認知行動療法は、客観的に感情を捉え直すことができて、かなり冷静にな

れる気がします。強い波のようだった感情が、落ち着くというか」

「なるほど。それはとてもいいですね」

でも、とNさんはちょっと申し訳なさそうにこう言った。

「私は、認知行動療法をアプローチ法として扱っていないんです。ですので、もしRさんがそのやり方をメインにカウンセリングを続けていきたいと思われるのなら、私でない方の方がいいかもしれません」

予想外の言葉にちょっと驚いたけれど、「そうか、カウンセリングを引き継ぐというのはこういうことなんだな」と思った。カウンセラーによってアプローチ法が違うので、まずはそこからすり合わせないといけない。彼女は、自由連想法を用いた精神分析をメインとしているとのことだった。それがどういうものなのか私にはわからなかったけれど、おもしろそうだな、と好奇心が湧いた。

「いえ、認知行動療法は一人でいる時の対処法なので、カウンセリングの中では使わなくて構いません。Nさんのやりやすい方法でやっていただけたら」

そう言うとNさんは「ありがとうございます」と微笑み、

「私はいつも『まずは三回』とお伝えしているんです」

と言った。

「まずは三回続けてみて、そこで今後も私とのカウンセリングを続けていきたいかどうか決めていただけたらと思います。こういうのは相性もあるので」

私は「わかりました」と答える。そして、カウンセリングが始まった。

今からは、これまでのことではなく、今感じていること、思っていることを話していかなくてはいけない。わかってきた答えではなく、いまだにわからない問いについて。それはとてもエネルギーのいることだ。

目の前のNさんが、そのパートナーとなるのかどうかはまだわからない。Zoomの画面上に映る私たちの顔は、見慣れぬ組み合わせでギクシャクしている。

それでもまずは歩いてみなければならない。舗装された道ではなく、未開の地を。私という星の中を探索するように。

この日話した内容は、「もうすぐ誕生日が来るのが怖い」ということだった。

カウンセリングを再開しようと決めた理由はこれもある。私は毎年、誕生日が来るのが苦手だ。八月十六日。特にその日以前の数日間は、かなり落ち込んでしまう。

「どうしてですか?」と聞かれ、「昔のことを思い出すからだと思います」と答えた。

子供の頃、母に「誕生日には仕事を休んでほしい」とお願いしたことがある。プレゼントも何もいらないから、母と夜ご飯を食べて、一緒にお風呂に入って眠りたかった。母は年がら年中働くような人だったので、幼い頃の私は、夜に母と家で過ごすということをほとんどしたことがなかった。

母は「わかった」と言って約束してくれた。私はとても喜び、その日が来るのを楽しみにしていた。

だけど、当日の夕方、母は化粧をしていた。スナックに出勤するためだ。お客さんの予約が入ったから行かなくてはいけないと謝りながら言う。しくしくと泣く私を見て、まだ一緒に暮らしていた父は困惑した表情をしていた。

誕生日が終わった翌朝、私が起きた時には母が帰ってきていて隣で熟睡していた。父はとっくに仕事に行き、家の中は静かだ。セミの声だけが、開け放した窓から聴こえている。冷蔵庫を開けると、大きなケーキの箱が二つも入っていた。開けると、どちらも生クリームのホールケーキに、「らんちゃん、おたんじょうびおめでとう」と書かれたチョコレートが乗っていた。昨日のお客さんがくれたのだろう。

私は朝ご飯代わりに、台所でそのケーキを一人で食べた。包丁で切ることもせず、そのままフォークを突き刺して。甘ったるい生クリームを口の中で味わいながら、誕生日が終わってほっとしたのを覚えている。

大人になった今は、母がそのようにして必死にお金を稼ぎ私を育てていたのだということは理解できる。それに、プレゼントも用意してくれたし「おめでとう」と言ってくれた。でも、誕生日になるといつもその朝のことだけを思い出すのだ。そしてとても不安定になる。うすら寒いような、心細い気持ちに。

「それは寂しかったですね」

と、Nさんは言った。

「寂しかったですね」

と私は答える。さっきの「しんどかったですね」と同じように。ただ、「寂しかった」気持ちは厄介なことに現在進行形で、今も私はずっと寂しい。

話しながら、私は自分が情けなくなりうんざりした。まだ私は、幼い頃のことに囚われているのか、と。

両親には、大人になるまで育ててもらい、愛してもらった。それはもうこれまでのカウンセリングでも理解し直してきたし、心から感謝もしているのに、自分が満たされなかった記憶だけにしつこくこだわり続けている。

自分がまた同じことを繰り返し話しているような気がして、怖くなった。やっぱり私は変わっていないのかもしれない。同じところをぐるぐると回って、これからもずっと寂しいと感じ、ずっと「死にたい」と思うのかもしれない。

ふと恐ろしくなり、

「なぜ、今も寂しくなるのかわかりません。今は、違う場所にいるのに」

と私は言った。

私はもう、あの夏の家にはいないのに。

「なぜ、今も寂しいのでしょうね？」

Nさんが尋ねた。

「なんででしょうね……」

と私は答える。それから少しの間黙った。

Nさんは、私が沈黙しても何も言わない。私が話し始めるのを、じっと待っている。それが、本田さんとは違うリズムを作っていた。

「……そういう時、意識だけ昔に戻っているみたいなんです」

私は、ようやく言葉を探しあて、口に出した。Nさんは、画面の中でしっかりとうなずく。

「今の私は寂しくないのに、昔の私が蘇って、今まさにここで寂しがっているような」

するとNさんは、

「Rさんの中には、『原家族に対する痛み』がまだ残っているのですね」

と言った。

「原家族」

「はい。誕生日という日が、その時の痛みを思い出させるトリガーになっているのかもしれません」

「なるほど……そうですね」と、私は返す。「原家族」や「トリガー」は本田さんのカウンセリングには出てこなかった言葉で、おもしろいなと思ってメモをした。

「過去の痛みを、もうあまり感じたくないんです」

「そうですよね」

「でも、抑え込んでもいけない気がしていて」

「はい」

「そういう場合はどうすればいいのか、よくわからない」

するとNさんはちょっと考えてから、

「『ああ、今、過去の痛みを思い出しているな』と考えてみてはどうでしょう」

と言った。

「『過去の痛み』と『今の痛み』を分けて考えるだけで、だいぶ冷静になれるはずです。まずは自覚すること」

「はい」

「その後、『過去の痛み』はそれとして受け入れます。さっきおっしゃった、マザーリングをしてみるのもとてもいいと思います。その上で『でも自分は今、ここにいるのだ』という感覚を思い出すようにしてみてはどうでしょう」

「今、ここにいるのだという感覚……」

Nさんはうなずく。「でも、それってどうやって」と尋ねると、こう続けた。

「おすすめなのは、実況中継です。目の前にあるもの、いる人、自分の感情や行動などを、実況中継するみたいに言葉にしていくんです。すると自然と、注目が『今あるもの、いる人』に向かう。そうしていると、過去と今の区別がつくようになってくるかもしれません」

なるほど、と私はつぶやき、ノートにその言葉をメモした。

「過去を受け入れる＆今・ここにあるものを見る」

Nさんとのやりとりは、新鮮でおもしろかった。本田さんとは違う表現方法、アプローチ法の提案がある。だけどそこに初回で辿り着けたのは、本田さんとのやりとりが土台にあるからかもしれない、と思った。

そんなことを考えていたら、カウンセリングが終わる頃に、ちょうどNさんがこう言った。

「私にはRさんが、ご自身の『寂しさ』をかなり理性的に捉えられているように見えます」

「そう、できているでしょうか」

私はちょっと口ごもる。いまだに何度もその「寂しさ」に囚われ、感情的になるからだ。

でもNさんはこう言ってくれた。

「Rさんと話していると、これまで何度もご自身と向き合い、言語化されてきたのだろうということが、伝わってきますよ」

私はそれを聞いて、「それなら、よかったです」とつぶやいた。画面に映る自分の顔が、初めて笑ったのが見え、私は不意に泣きそうになった。

本田さんとの対話の時間は、やっぱり確実に私の中に残っている。彼女と交わした言葉は消えないまま、私を次の場所へと連れていってくれる。

「一人でも、独りじゃありません」

本田さんは最後にそう言った。

きっと、こういうことなのだろうと思う。こんなふうに、私の中にはいろんな出会いが消えずに残り、支えてくれているのだろう。

過去は受け入れることで蓄積され、今の私を形作る。そして、未来が作られていく。今、私がしているように。

そういう過去や他者は「お守り」だと、本田さんは言った。

「お守りは、いくつ持っていてもいいものです。これからRさんの中に、お守りを増やしていけるといいですよね」

「次回はいつにしましょうか？」

Nさんに尋ねられ、私は答えた。

「では、二週間後にお願いします」

私は、手帳に「10：00　カウンセリング」と書き込む。胸の内にある、お守りを感じながら。

おわりに

カウンセリングを受けた初日にはすでに、「いつかこれを文章にしよう」と思っていた。その時はまだ、エッセイにするのか小説にするのか決めていなかったのだけれど、確かカウンセリングを三、四回ほど受けたあたりの時に「生きのびるブックス」の編集者・松原芽未さんから「うちのメディアで連載をしませんか」というお声がけがあった。そこで、このカウンセリングの記録を元にしたエッセイを連載できないかと、企画を伝えてみたのだ。松原さんは大変興味を持ってくださり、無事に連載が始まった。

友人であり、以前上梓したエッセイの共著者である桜林直子さんにその話をすると、「題材がセンシティブなので、念のため専門家にも読んでもらってはどうだろう」と、心療内科医の鈴木裕介先生を紹介してくれた。鈴木先生も快く受けてくださり、毎回エッセイを書き上げるたびに専門家の視点でチェックしてくださった。それ以上にいつも温かいご感想までくださって、本当に毎回励まされた。このように連載を支えてくださった皆さんに、心から感謝を伝えたい。

また、カウンセラーの「本田さん」というのは仮名なのだけど、本田さんは実在する。彼女の言葉は私のフィルターを通しているので事実通りではないところもあると思うが、それでも「これはRさんの物語だから」と本にすることを許してくれた。何より、長らく私との対話に付き合ってくださったことにもとても感謝している。本田さんにも、ぜひお礼を言いたい。

そして、不安定な私をいつも見守ってくれている家族、友達、今読んでくださっているあなたへも心から感謝を。おかげさまで、書き終えることができました。

「いつかこれを文章にしよう」

というのは、人生の至るところで思っていることだ。

嬉しい時や楽しい時にも思うが、特に辛い時やもがき苦しんでいる時によく思う。おそらく「どうすればいいんだろう」「どうしてこんな気持ちになるんだろう」というような問いが溢れるからだろう。問いは、いくつも新鮮な言葉を連れてくる。私はそれを、ひたすらストックしておく。いつかまとまった文章にして、誰かに読んでもらうために。

「無人島に、何を持っていく?」

そんな質問にはいつも「ノートとペン」と答えていた。文章を書くための道具だけは絶対にいる。もしノートとペンが切れてしまったなら、木の幹にでも文字を彫りつけるだろう。

文章を書けなければ、私はそれを理由に死ぬと思う。言葉にしないと、目の前のことがすべて無意味に見えてくるからだ。なぜ、私はここで生きているんだろう？　その問いに答えられず、潰されてしまうと思う。

だから「いつかこれを文章にしよう」というのは、私にとっての希望だ。言葉にするという目的さえあれば、目の前の事象や自分の感情に意味があるように思えてきて、ようやく受け入れられる。書くことに、何度救われたかしれない。書くことがある、というのはつまり私にとって生きる意味なのだ。

だから、このエッセイを書いている間、私はすごく「生きている」という実感があった。それはとても痛々しく、ヒリヒリするものであったけれど、最後にはじんわりと温かくなる感覚だった。この感覚を得たくて、私はずっと書き続けているのだと思った。

新しいカウンセラーのNさんとは、今も二週間に一度のペースでセッションをしている。

Nさんとのセッションで流れる空気は、本田さんとのそれとはかなり違う。本田さんとのセッションが、凝り固まった硬い土をガキンガキンと鍬でほぐして、出てくるものにいちいち驚くようなものだったとすれば、Nさんとのセッションは、掘り起こされた土の上をふわふわと浮かびながら「あそこにあんなものがありますね」と喋っているような感じ。すでに一度掘り起こされているので、私にも余裕があるのだろう。だけど、視点が動くことで新しい発見があったりして、それがとても興味深い。

本田さんとのセッションではよく泣いていたけれど、Nさんとのセッションではよく笑う。その変化の大半は、私自身の変化によるものなのだと思う。本田さんとの二年のカウンセリングを通して、私はずいぶん変わった。変わった、というか、もともとあった自分が顔を覗かせたのかもしれない。私はその、以前より力の抜けたような顔が、結構好きだ。

今でもやっぱり、死にたくなる時はある。また繰り返すのかと不安になったり、恐怖したり、パニックになりそうなこともある。

「なぜ生きているんだろう?」

何度問うても、それらしい答えを出しても、しつこく湧き続ける問い。私はいつまで経っても、きっとずっと問い続けている。

でも、この根源的な問いがあるからこそ、私はずっと書き続けているんだろう。

それはそれでいいんじゃない? と、力の抜けたような顔の私が、思い悩んでいる私のそばで言っている。君は私のアイデンティティなのだから、と背中をさすりながら。

もしかしたら、死にたい私のままでもいいのかもしれない。

この本を書き終えて、そんなことを思った。それは、自分が一番拒んでいた「死にたい」というう気持ちごとすべて呑み込み受容するような感覚で、今までで一番救われた気がした。この思いごと自分を抱きかかえて、私は死ぬまで生きていきたい。
そう思わせてくれた、私の中にいるお守りのような人たちに、心から感謝を。

土門蘭（どもん・らん）

1985年広島県生まれ。小説・短歌などの文芸作品や、インタビュー記事の執筆を行う。著書に歌画集『100年後あなたもわたしもいない日に』(寺田マユミとの共著)、インタビュー集『経営者の孤独。』、小説『戦争と五人の女』、エッセイ『そもそも交換日記』(桜林直子との共著) がある。

IKINOBIRU
BOOKS

死ぬまで生きる日記

2023年 4 月30日　初版第 1 刷発行
2024年11月30日　初版第 8 刷発行

著者　土門 蘭

発行者　佐々木一成

発行所　生きのびるブックス株式会社
〒150-0021 東京都渋谷区恵比寿西 1-33-15
EN代官山1001 モッシュブックス内
電話　03-5784-5791
FAX　03-5784-5793
https://www.ikinobirubooks.co.jp

ブックデザイン　中村 妙

イラストレーション　竹井晴日

印刷・製本　中央精版印刷株式会社

ISBN978-4-910790-09-1　C0095